U0137515

漫长的旅途

EMBRACING
THE END

卢思浩

作品

湖南文艺出版社
HUNAN LITERATURE AND ART PUBLISHING HOUSE

博集天卷
CS-BOOKY

Embracing the End

漫长
的旅途

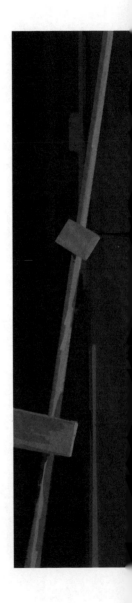

好多年了，

都有人问，读书到底有什么用。

我都是这么回答的，读书能填上心里的洞。

我的心破了好几次。

漫长的旅途

这世界上真正在意我们的人很少，

我们真正在意的人也不多，

但只要有这么几个人存在，

仅仅是存在，

我们就会发自内心地觉得这个世界还有救。

漫长的旅途

小时候我想去大山外面看看，

可真到了外面，

发现一切跟我想象的好像又不太一样。

但出来看了这么一遭，我觉得也不亏。

这一刻我知道，

从一开始，

我们都不用变成烟火，也应该被看到。

漫
长
的
旅
途

Embracing the End

漫长的旅途

当我不再执着地复现往事时，

往事才因此成了永恒。

那只萤火虫成了我的记忆，

永远停留在那个黄昏。

漫
长
的
旅
途

没想到我们去的那天，大熊猫都在活动区里又跑又闹，

有一只大熊猫看到了站在玻璃窗外的我们，

还伸出手掌，似乎是在跟我们打招呼。

人生这条漫长的旅途中，本就有无数的路口。

路过我们生命的每个人，过去发生的每一件事，

都会成为旅途中的纪念品。

感谢每个翻开这本书的你。

这不是一句来自写作者惯常的客套，而是一句发自内心的感谢。

因为我知道，其实你还有很多选择，可以出门走走，可以跟朋友聚会，可以看一部好看的电影。每个选择都很好，只是对我来说，还有人愿意选择文字，总是一件值得欢欣鼓舞的事。当然，我也真诚地希望，这本书记下的十个故事，能够不辜负你所花费的时间。

我相信文字是有力量的。

每当觉得万分无力的时候，我都会选择打开一本书，我总是能从书里的故事中得到力量，因为每读一本书，我都觉得像是跟随着书里的人物，走完了一段旅途。在这段旅途中，我会跟随着书中的情节，一同经历喜怒哀乐，书里的那些故事，就像是走进了我的内心，就此扎下根来。等我从书中的世界回到现实，我会获得继续前行的力量，力量就来源于那段共同走过的旅途，力量就来源于，回到现实中的我，并没有被眼前的生活淹没。

或许也正是因为从书中获得了许多力量，我才会如此热爱文字，选择继续写作。

这十个故事，是我这两年踏踏实实写的，在写作过程中，我对自己只有一个要求，就是踏实一点，再踏实一点。

我真诚地希望，自己真的有构建出一个真实的平行世界，里面的每个人物都过着属于自己的人生。

我也真诚地希望，翻阅这本书的你能在故事里邂逅一个与你相似的灵魂，跟书中的主人公共同走完一段旅途，在这段旅途中，不仅认识了主人公，也在他们身上，认出了自己。

倘若我们每个人的生活都越来越像是孤岛，那文字就是桥梁。桥梁的两端，连接着相似的人。

能在人生这段漫长的旅途中与你相遇，能用文字的方式陪你走一段路，是我的荣幸。

那，我们书里见。

2023 年 7 月

于苏州

卢思浩

Embracing the End

漫长的旅途

最后一家
书店

他爱这里的一切，

连不好的地方，也一样爱着。

一

　　老街挤得不能再挤，恰逢国庆，这又是小城里为数不多的旅游景点。入口边是座南宋期间建起的寺庙，寺庙左右两边是两座十一层楼高的砖塔。在我很小的时候，这还是一座无人问津的寺庙，左右两边没有砖塔，是后来建起来的，连同现在辉煌的大门从平地里建起。按理说距今也就三十年左右的历史，也不知道怎么摇身一变，连砖塔和大门也被说成宋朝某位皇帝所建的了。人人挤在门口拍照，堵得水泄不通，一拨接着一拨，好不热闹。我突然想起在很久以前，我看到过两个老人，无论刮风下雨都会来这儿，在佛像前跪拜许久，叩头点香。不知道从什么时候起，两个老人只剩下了一个，再后来，那个老人也不来了。

北京的朋友说是要来找我玩，却又在昨夜都喝得酩酊大醉，到了约定的时间，只有我一个人先到了。我自己也头疼得厉害，加上人太多，整个人站在街道中间直冒虚汗，只想找个地方坐坐。我在老街走着，看着以前熟悉的街道，现在被各色商铺给挤满。路过清补凉店的时候，店员招揽生意，问要不要来一口清补凉，三十年老店值得信赖。我赶紧向前跑开了几步，这家店五年前刚开的时候，林阿姨让我试吃，就吃了两口，我肚子疼了两天。

我知道哪里有座位，知道在哪里坐一整天不会被人赶走，还不用花钱。我走向老街东面的巷子里，穿过狭窄的小道，走到一家老书店，途中差点被石头绊一跤。

"小李啊，"老余坐在店门口的台阶上，晒着太阳，"怎么这么久没来？"

我摸摸头，说："余爷爷，这不是前段时间回不来嘛，我也是刚回来。最近店里怎么样？"

"老样子，"老余说，"热闹肯定谈不上，但总也还有人来。"

热闹确实谈不上，不大的书店里放满了书，书架看起来简直就像是随时要倒塌，每本书下面都有老余自己写的推荐语，每个推荐语都写好几行。除了我以外，整家书店只有另外一个女生站着。"我孙女程菲，"老余说，"你们第一次见吧？"

"你好，"我说，"叫我小李就可以了。"

"你好，"她说，"叫我小程就可以了。"

"孩子她妈改嫁了，"老余说，"她跟她后爸姓。"

随后老余看出了我的尴尬，哈哈一笑，说："这种事有什么不好意思说的，这不也正常吗？"

说完他又用厚实的手掌拍拍我的肩膀，说："行了，别傻站着了，我这儿又不是没座位，想看啥书，我给你介绍介绍。"

我粗略瞅了眼，说："余爷爷，不是我说您，您书店里的这些书都老掉牙啦。现在人都不爱看这些。"

老余"哼"了一声，说："小李，你这话爷爷我可不爱听。书，是这世上为数不多的，会随着时间的流逝反倒变得愈发珍贵的东西。新书、畅销书里当然有好的，但能流传到今天的老书，那绝对都是好的，一个简单的概率问题。那些都是伟大的灵魂穷尽一生写下的……"

我知道老余一旦开启这个话题就会聊个没完，赶紧说："余爷爷，是我说得不对，我啊，今天来是等朋友的，等他们来了我就走。"

老余反倒把我一把按下，说："书这东西，读十分钟有十分钟的收获。别废话。对了，走的时候带上我孙女，她难得回来一趟，你陪她好好转转。"

我说："您不能自己带她去吗？"

老余摆摆手，说："我得看店。"

二

三天后，我去车站送别朋友，转头约程菲吃饭，定位发过去不到十分钟她就到了。她之所以能来这么快，倒不是因为我俩之间有什么，而是因为她总想问我关于她爷爷的事。这不刚坐下，她就问我："那家书店到底有什么好的？"

我想着从小到大常听老余的念叨，尽量把话复述给她听。我说："书是有灵魂的，每本书都是作家花时间写的，有的作家写一年，有的作家写一生。无论书本身是好是坏，只要是作家用心写的，你就能听到他们在隔着岁月跟你说话。也不用说书了，我们小时候都学过古诗对吧。那首《春江花月夜》，今人不见古时月，今月曾经照古人。你听，这就是张若虚隔着千百年，从唐代传来的声音……"

"你背串了，你背的这两句是李白写的，"程菲打断我，"张若虚那两句是，江畔何人初见月？江月何年初照人？"

我说:"那就是李白隔着千百年在跟你我说话。"

程菲点了杯咖啡,又对我说:"这些话是我爷爷跟你说的吧?你别用我爷爷那一套来搪塞我,你就说你,一年读多少本书?"

我挠挠头,说:"那个……平日里工作忙,最近几年读得少,那啥,我以前读得多,一周一本呢。"

程菲看起来有些不耐烦,说:"谁以前读书读得不多?我们那时候有啥,又没手机又没电脑,你看看现在,你就看你周围,谁不捧着个手机,在手机里看世界。你刚才说,书是作家隔着千百年跟我们说话对吧?现在,此时此刻,你打开抖音,打开快手,还有千万个人隔着千万里跟你说话呢。即时,快捷,还直观。"

"不对,那是被动接收,读书是主动接收,信息的密度和深度不一样,而且被动接收通常没有思考的余地,过不了多久就全忘了。"我反驳说。

程菲说:"你又来我爷爷那一套对吧?好,我问你,如果有空余时间,也就半小时,你读书还是玩游戏?你读书还是看剧?你读书还是看抖音?"

我说:"读书。"

"得了吧,你,"程菲说,"你说这话你自己信吗?"

我被她说得有点恼了,说:"你到底想说什么?你不爱读书就不爱,为什么非得证明全世界的人都跟你一样?

程菲却突然把头低了下去，一时没有说话，再抬起头的时候声音有些颤抖："我爷爷病了。"

我脑袋"嗡"的一下，说话也变得磕磕巴巴："你爷爷看着身体很好啊，怎么突然就病了？什么病？"

程菲咬紧嘴唇，说："不是突然病的，他前年就查出来了。"

接着她的声音很轻，几乎到了让我听不清的地步。

"肺里，"她说，"他肺里长了一个不该长的东西，7厘米。"

我一时不知道应该说什么，觉得胸闷，喘不过气来。

最后还是程菲打破沉默。

"陪我去老街口的寺庙吧，"她说，"我爸病的时候，爷爷奶奶总去那儿。"

上初中的每个周末，我总来这座寺庙。那时这里几乎没有什么人会来，也没有人会收门票。我总是一待一个下午，因为不知道还有哪里可以去。我讨厌医院，讨厌那里的声音，讨厌那里的味道，讨厌那里的墙，那除了惨白映照不出其他任何颜色的墙。我相信神明，相信那看不见的力量，因为神明曾救过我。那件事发生在我更小的时候，有天我走在回家的路上突然一阵胃绞痛，浑身冒汗，眼前的路变得弯弯曲曲，我一下迷失了回家的方向，也没有前行的力气，只能无助地蹲在地上。那股钻心的疼让我手足无措。因为从未理解过疼痛的来源，幼小的我开始在心里忏悔，说："神仙大人，我知道一定是因为我贪玩，所以您惩罚我，我以后再也不贪玩了。作业一定按时写完，家一定准时回，真的。"

我一边这么想着一边晕了过去，再醒过来的时候躺在医院。我按按肚子，果然不疼了，心里对神明千恩万谢，心想果然虔诚是有用的。

所以初中的每个周末，我都会去寺庙祈求神明的帮助，祈求神明能让我妈快点好起来。

那时候，年近五十岁的老余夫妻俩也在寺庙里祈求神明的帮助，祈求神明能让躺在病床上的余叔快点好起来。

程菲问我："神明会让我爷爷肺里的肿瘤消失吗？"

我说："会的。"

她抬头看了眼，我不知道她在看什么，但我看到她的脸依然一片苍白。

我不知道她有没有听到神明的回答。

三

假期结束，我要离开家乡，临行之际，又去了次书店。

我欲言又止的模样被老余看在眼里，他说："我孙女都跟你说了吧？"我说："余爷爷，您该听您孙女的，大城市的医疗环境肯定比这儿好。"

老余摆摆手，说："我啊，已经走到跟死亡很熟悉的年纪了。你就说这条街以前你熟悉的老人，还有几个在的？就前两天，你林婶也走了。没事，你们别担心我，我自己的身体还不知道？我心里有数。能救我也会选择救，我也舍不得，只是生死有命，我已经很幸运了。"

我站在一旁，看着老余一脸平静地说这些话，突然觉得他的言语里有种超越生死的力量，这是还年轻的我无法理解的。尽管如此，我还是很快回到了现实，说："所以您才更该去，您要真有什么事，这家书店也得跟着遭殃。我还是个小孩的时候，就常来这儿，我还想多看它几眼。这里的东西我也都熟悉了，您看，连这晃晃悠悠的书架我都熟悉，我就爱来您这儿。"

老余看着我，突然笑出声，说："行，你要真喜欢这书店啊，你就常来。放心吧，你下次回来的时候，这书店肯定还在，大门永远为你敞开。"

我只好说："放心，我能来肯定常来，那余爷爷，您给我推荐几本书吧。"

老余来了兴致，戴起老花镜，眯着眼背着手，佝偻着缓缓走到书架边，一本一本凑近看，一本一本凑近翻。我站在他身后，心想："我怎么以前没发现呢，没发现他的身体早就不如以前了呢？"这时老余转过身，手里拿着四本书，其中三本塑封着的新书，是前几年市面上的畅销书。他看到了我的眼神，乐呵呵地说："小李啊，你还真以为我就是一个守旧的老头啊，我早知道现在的时代不一样啦。新出版的书，也不都是不好的。这几本呢，我早就听说它们的名号了，我也知道它们还不错，而且你们年轻人也能看进去，挺好，挺好。"

我问："您怎么知道它们还不错呢？"

老余一脸神秘，说："小李，告诉你一个分辨畅销书里好书的秘诀。"

他拍拍我的肩膀，接着说："且等几年，如果几年后这本书依然能被人阅读，依然能鼓舞或感动读者，没被大多数人遗忘，就说明它至少是用心写的，至少还有很好的那一部分，那好的一部分还能盖过坏的那部分，所以推荐给你，就算没有那么经典，但在当下，你读绝对没坏处。"

我笑着说："余爷爷，您这话听起来也没多认可这些书啊。"

老余哈哈笑着说："我确实没有那么认可，但说到底，阅读都是个人的感受。每个人都有自己的经历、想法和生活状态，在什么样的状态里就读什么样的书，小李，现在让你读莎士比亚你也读不进去，对吧？不是说你不好，更不是说莎士比亚不好，只是你们还没有到相遇的时候。不过，小李，等你哪天真的培养出阅读的习惯了，有了更多的人生阅历，就还是多读一点经典。为什么呢？经典，就是最接近完美的书，离完美只差一步，就是因为差这一步，所以才最迷人。"

"那什么样的书才是经典呢？"我问。

老余说："能够通过足够久的时间的考验的书，就是经典。换句话说，无论过了多少年，它所描写的故事，所表达的观点，依然能够打动人，依然能够钻进人的心底，它拥有穿梭时间的力量。新出的书有时也能够成为经典，只不过通常还需要更久的时间来真正确定。"

我似懂非懂，指了指压在三本新书下的最后一本，问："那这本书呢？"

这是一本小小的旧书，书页已经泛黄，书脊也破了一块，连书名都看不清。整本书给我的感觉就像是只要轻轻一翻，就要散架一般。

老余说："这本书呢，是你爷爷我藏了很多年的书，这本是我特别送给你的。"

我说："可我连书名都看不清。"

老余说："书名不重要，重要的是这本书的内容。小李啊，你回去是要坐飞机吧？答应爷爷一件事，行不？"

我说："余爷爷，您尽管说。"

他说："你啊，在飞机上，什么都别干，就专心读完这本书，成不？"

我点点头，说："行。"

老余用力拍拍我的肩膀，就像是把半个人生都放在了手掌上，又走到门口的台阶上坐下。

我看着老余的背影，又看到小巷尽头的那条老街，那里依然人来人往。那些陌生的脚步，步步前行，又步履匆匆，不知道为什么，在我看来他们似乎走在另一个世界，或者说，是我们走在另一个世界。

在回北京的飞机上，我把这本不知道名字的旧书打开，翻到版权页，才知道这是《鲁迅小说选》。出版时间是二十世纪七十年代初，定价 0.42 元。版权页下头有一行字，很小的字写着：校内使用。

我不明所以，直到又看到出版单位：某某大学中文系。

我突然想起一件关于老余的往事来，故事发生的具体时间，应该就是那几年。

他本来是大学老师，教的就是中文系，据说他当时因为藏书被批斗过，很多书都被带走，成了废纸，大多书被用来烧炕。不少书都是当着老余的面撕的，留下的只有寥寥几本。我猜我手头的这本书，应该就是当年没被带走的书。听说老余在他们撕书的时候拼命阻拦，人被按在地上，脸上磨出好几道血印，可还是不停挣扎，不停哀号，最后竟泪流满面。如果不是这样，如果他能一声不吭，或许他那几年的境遇还能好一些。那段时期结束后，他心灰意冷，离开省城回到小镇，开起这家书店，一开就是四十多年。

如果没有后来的那场意外，或许现在我余叔已经接上了老余的班，成了这家书店的主人，老余也就不用这么累，还天天守在书店里。

不，不对，即使没有那场意外，我余叔也不会接老余的班。

有一年我听见过余叔跟老余大声争吵，就是为了这家书店的事。那一年，余叔刚结婚不久，想着多赚点钱，跟老余说要离家出门创业。余叔说，世道变了，处处都是机会，没有年轻人会守着一家书店。老余说了什么我已经不再记得，只记得那些日子，这家书店好几天没开门，这是破天荒的一次。那时我还是个喜欢读书的初中生，所以难过了好几天，好在没多久，书店就重新开张。只是我再也没见过余叔，再听到余叔的消息，就在那座寺庙里。

直到这一刻我才想起，我是见过程菲的。

那阵子我每天等着书店开门，就常去小巷里候着，一天看到过一个比我小一些的小女孩，也在门口蹲着。我以为她是跟我一样盼着书店开门的小朋友，还跟她说过几句话。她说："我不是在等书店开门，我是在等我爷爷。"我问："等你爷爷为什么不回家等？"小女孩说："爷爷不跟我们住一块。"我接着问："你很喜欢你爷爷吗？"她说："我最喜欢爷爷，喜欢他给我讲的地下冒险的故事，喜欢他给我讲的八十天环游世界的故事，还有他漂流去小岛的故事。"

我一听就明白了，说："这不是书里的故事吗？第一本我不知道，第二本肯定是《八十天环游世界》，还有一本，肯定叫《鲁滨孙漂流记》，对吧？"

小女孩恼了，大声说："那是我爷爷的故事！"

我也恼了，说："那正好，我们找你爷爷去，我也想问问他为什么没开门，他住哪儿？"

小女孩却突然哭了，说："我知道爷爷住哪儿，但我爸这两天突然不让我去了。我偷偷去找过爷爷，他不在。现在爷爷也不在书店，我哪里都找不到他，我明天就要走了。"

"那等你回来再见不就行了。"我说。

"你不知道，我们要去很远很远的地方，不知道什么时候才能回来。"她说。

"那你有什么想说的告诉我，我应该能见到你爷爷，我转告他。"

她认真想了想，说："你不许骗我，你一定要转告我爷爷。"

我伸出手指，说："拉钩上吊，一百年不许变。"

她一字一句说得很认真，她说："那你要告诉我爷爷，我喜欢书，我喜欢书的味道，喜欢听书翻页的声音。你让爷爷一定要等我回来。"

我复述了一遍，没想到她想了想又说："不行，你肯定会说错，你要记得，一个字都不能错。"

我有点不耐烦，说："那你写下来，塞进门缝里不就行了。"

后来我果然把这件事忘得一干二净。

记忆居然直到这个时候才找上我，我拿出手机，赶紧编辑了一条信息。

飞机落地后不久，我就赶紧把信息发了过去，不一会儿，我收到了老余的回复，他说："字条我收到了，小李，看来你跟我孙女有缘分，要不要考虑一下？"

我笑着把手机收了回去，把书放进背包，走出机场的时候，北京是难得的艳阳天。

四

我再次回到这条小巷，是将近一年后的事。老街依然热闹，小巷里依然无人问津。我走到熟悉的地方，看到熟悉的店，却没看到熟悉的人。

书店对面有个小卖部，赵阿姨在这儿也开了好几年，我赶忙找她打听。

她叹口气，摇摇头，才告诉我："老余前两天住院去了。"听完我起身正准备赶去医院，赵阿姨赶忙拦住我，说："小李，先别着急走，这条巷子要拆了你知道吗？"

我回过头，说："什么时候的事？"

她说："我们这儿都传开了，说是这条巷子要改建，跟前头的老街融合在一起，搞一个什么文化历史街区。要我说，就是觉得老街现在人多了，这儿也得跟着一起搞，搞得更大更热闹，才能赚到更多钱。我儿子前两天还说，拆这条巷子还有一个原因，就是我们影响了市容啥的，前两天有人在巷里摔了一跤，把我们举报啦。"

我脑袋里一团乱，问："什么叫影响市容？"

她说："嫌我们不统一不整齐，嫌我们这条巷子破破烂烂呗，你钱大伯开的拉面店你还记得吧？都不在我们这儿附近，在镇里，都被整顿啦。说什么门帘还是门脸不合规，招牌都拆了，可怜了他那用了十几年的招牌。"

我问："阿姨，那您的小卖部怎么办？"

赵阿姨从小冰箱里拿了瓶水给我，又走到外头回头看了看，说："我这里估计也不合规，早晚也得没喽。小李啊，有空也多回来看看阿姨和小卖部。"

我接过水点点头，拿出手机扫码，赵阿姨拦住我，说："你拿着吧。"

我瞥见二维码上的名字和头像都不是赵阿姨，就说："赵阿姨，您的二维码得换成自己的，不然有人不给钱您都不知道。"

赵阿姨忙摆摆手，说："这种东西我弄不懂的，这二维码是我儿子的，他算着账呢。"

我心里有话想说，但不知道该怎么开口，只能看着赵阿姨。赵阿姨看着我笑了，那是一种温柔的笑，接着拍拍我的肩膀，说："行了，耽误你这么久，快去吧。"

我舔了舔嘴唇，最终什么都没说，转头去了医院。

大概是因为周末的关系，医院里闹哄哄的，挤满了看病的病人和家属。消毒水味依然刺鼻，墙壁依然一片惨白，什么其他的颜色都没有。护士忙前忙后，好不容易才有空，告诉我老余在哪个病房，刚回答完我的问题，就又被吵闹声给包围了。一个阿姨气势汹汹地说："你给我老伴安排的什么病房？我要单人房，不是集体病房。"护士说："阿姨，您先消消气，我们已经尽力给您安排了，医院实在是没有空病房。"

听到这儿我不由得哑然失笑，心想，怎么会是因为周末的关系医院里才闹哄哄的呢，病不会看着日子来，它总是突然来，就像龙卷风，不由分说地打乱一切，让所有人都风雨飘摇。

老余躺在一间五人病房里，身上插了两根针管，左手右手各插一个。他仰卧着，似乎是睡着了，可当我走进来时，他又睁开了双眼。看到我，他想要坐起来，我赶忙走过去让他躺着。他本来就瘦，现在给人的感觉像是又小了一圈，嘴唇干裂。我给他剥开两个橘子，又出门倒了杯水，回去的时候他不知怎的坐了起来，应该是找隔壁病人家属帮的忙。他看到我，招呼我坐下，用充血的眼睛看了我一眼，挤出一个笑容，问："你怎么来了？"

我说："之前不是说了只要回来，一定会来看您吗？"

他说："我知道，我是问你怎么知道我在这里的。"

我回答说是赵阿姨告诉我的，他点点头，说："我就知道，她啊，消息最灵通，连我在哪个医院都知道。"我轻声问老余："怎么样，今天感觉还好吗？"

老余说："感觉不错，今天没那么疼了，估计过两天就能出院。"

我知道他是念着书店，突然理解了程菲的心情，说："您就乖乖躺着，就算书店那儿有人来，也不差这么几天。"

老余没说话，又喝了两口水，再开口时表情很认真，说："小李，我也知道不差这么几天，可是我就想着，万一呢，万一有年轻人想来读书呢？我知道现在的好多人都没以前爱读书了，所以哪怕是误打误撞来到这家书店的人，我都珍惜。好不容易有让他们可以读书的机会，我怎么可以躺在这里呢？再说，无论我待在这儿还是出院，我的病情也都一样。"

我说："余爷爷，您听我的，住院的时候您好歹能休息不是吗？"

老余说："小李，有一段时间，我想读书都没有机会读。那段时间我觉得空落落的，像是活着都少了些东西，有些东西就是有这么重要，这种感觉你懂吗？"

我点点头。

他接着说："你知道书有一个巨大的好处吗？好多年了，都有人问，读书到底有什么用。我都是这么回答的，读书能填上心里的洞。我的心破了好几次。"

他指了指自己心脏的位置，手上插着的针管也跟了过去，我下意识看了眼吊瓶，吊瓶也跟着摇摇晃晃。

"年轻时最迷茫的那时候一次，"他说，声音不再虚弱，很镇定，似乎蕴含了某种力量，"遇到我老伴前一次，闹运动的时候一次，两次，三次，十次，我儿子死的时候，一次，两次，十次，二十次。每一次心里破了个洞的时候，都是书救了我，都是那些故事救了我。是那些写作者的文字钻进了我心里，是那些印在书里的铅字钻进了我的心里，缝缝又补补，把我破烂的心缝合好，让我活到了今天。"

听着我双眼一红，眼前渺小的身影突然又苗壮成长，失去的生机又被他唤回自己的身体。但我还是说："余爷爷，您说的我都明白，所以您才要照顾好自己的身体。"

老余说："我自己的身体我自己知道，生死有命，几年前我就感受到了。小李啊，你知道有的病是没法治的，你是读过大学的，你肯定都知道。有的药是能让你多活那么几个小时，多活几天，好，多活一两个月，可那多活的日子，你爷爷我只能躺在病床上，虚度自己的时光，甚至连动都不能动。小李，你别劝我了，从前我有将近十年的时间，都差点被虚度了。你余爷爷我，一生的时间就这么多。"

我知道我劝不动老余，说实话，我也决定不了什么，沉默了半响，我说："余爷爷，您的店我帮您开几天，您就再养几天，就几天，等医生说您能出院了再出院行不行？每天书店关门了我就来看您，跟您汇报情况，也给您带几本书。"

说到这里我顿了顿，问："程菲呢？刚才进来的时候我就想问，她没回来吗？"

老余说："我没告诉她，我孙女现在在大城市上班，忙，万一为了我耽误了她工作怎么办？"

我说："您这想法就叫本末倒置了，她怎么说都是您亲孙女……"

老余打断了我，说："就按你之前说的办。小李啊，如果有人让你推荐书，你一定要认真回答知道吗？你不能随便推荐，你要问问他想读什么书，为什么想要读书，然后问问他之前读书的习惯，知道吗？这之后你就按照书下面我自己写的推荐语做分类，给他推荐。"

我说："行了行了，您就放心吧。"

接着我们说了一些话，我本来想说赵阿姨跟我说的那些，想问如果巷子没了，书店要搬到哪里。可我想了想还是没有说，就像我没在赵阿姨面前说我看到的一幕那样。

那是一天夜里，我走在回家路上，看到她儿子从一个棋牌室里被赶出来。她儿子被打得鼻青脸肿，还跪在地上求人，说："让我再打一把，再打一把我就能翻本。"

我听到那人说："穷鬼，你哪里还有钱？"

她儿子说："我有，我妈开了个小卖部，她留的二维码是我的，对，对对对，我的微信钱包里肯定有钱，还有支付宝里肯定也有，我这就查查。他妈的，我怎么给忘了呢。大哥，您看我还能再进去玩最后一把吗？"

那人大概是看了眼，轻蔑地说："就这点破钱，得得得，进去吧。"

我看着两人上了楼，就此消失在街道中。

月色照在地上，一片惨白，除了一地的烟头，什么也没照亮。

五

两天来，书店的客人寥寥无几，自然也没能卖出去几本书。这两天我发现，很多来书店的人其实都不是为了买书，只是在老街上那些琳琅满目的商店里逛累了，想随便走走看看有没有什么新奇的店。他们都会先啧啧称奇一下，然后问这家书店开了多久，就这么闲聊几句。等我要问他们想买什么书的时候，也就差不多到了他们该离开的时候。

来来往往的为数不多的客人，大都遵循着这个流程，除了一个跟我差不多年纪的戴着眼镜的年轻人。

他一走进书店，就先问我："余爷爷不在吗？"我说："他住院了。"他问："哪个医院？"我觉得奇怪，问："您跟他很熟悉吗？"那人不好意思地笑了一下，扶了扶眼镜，摇摇头说："不熟，我是两年前来这附近打工的。没钱吃饭的时候，就每天在对面的小卖部里买泡面，余爷爷看我可怜，叫我去他家吃过饭，还送了我几本书。我前段时间读完了，想着再来买几本。"

我记着老余的话，问他："想读哪些书？之前他送你的书都是哪些？我可以顺着给你推荐。"

他眼睛一亮，说："太好了，我读书少，正纠结接下来读什么呢，他送我的是《平凡的世界》《活着》，还有一本老舍的短篇集。"说完他又不好意思地笑笑，说："你别看我戴眼镜，可其实打小我就成绩不好，别说读小说了，我连学校里的课本都读不完。上次来余爷爷让我读书，我还不想读，但我知道他是好人，也不想耽误他的好心，就跟他说，想读一些既好读又能让人觉着生活还有希望的书。他说先别急，先把这些天的故事跟他说说，我跟他说了一圈，他就推荐了我这些书。"

我点点头，说："明白了。"然后走到书架边拿起一本本书，一本本仔细看老余写的推荐语。

老余的这间小书屋，书都按照类型分好，我摸索着看到有一栏里有一本书，老余洋洋洒洒写了好几行推荐语，大意是：这本书适合给刚来陌生城市的年轻人，他们离开了故乡，来到他乡，需要真诚的鼓励的同时，也需要看到世界的艰难。这本书能够填补人们因为内心不安和彷徨而破了的洞。

我看完不由得轻轻笑了一声，老余写下的，跟我在医院里病床边听到的一模一样。

于是我回过头把书递到他手里，看他正一字一句地读着推荐语，就问："之前读的书，填补你内心的洞了吗？"说完我自己都觉得这句话在陌生人听来有点荒唐，刚想道歉，就听他说："填上了，因为书里的故事让我知道，无论面对怎么样的处境，我都有选择，如何看待人生的选择，如何继续面对人生的选择。"

我愣了很久，突然想起什么，说："对了，我都没跟你说他现在在哪个医院吧？你去看他，他肯定高兴。"

他认真点了点头，眼里闪着光，我想我眼里也是。

六

我向单位请了一周的假，说是家里人病了，需要照顾，好说歹说，又挨了一顿骂，总算是把假给批了下来。我想了想还是打了个电话给程菲，她在两天前赶了回来。老余说了我一通，不过我看他也不是真心骂我，毕竟那是他最疼爱的孙女。

老余的病情不乐观，这是两天后程菲找我单独说的。

我们坐在店里，她认真地看着书店里的每本书，手拂过老余写过的字。

"其实我知道书店对他的意义，"程菲突然说，"这书店就等于他。"

我点点头，说："我想问你，你爷爷的病去了大城市能治好吗？"

程菲闭上眼摇了摇头，说："没法治，但我想让他走得舒服一点。"

我说："这是你们的家事，作为外人我不能说什么，不过我希望你再跟他好好说说，也希望你能听他好好说说。"

程菲顿了顿，说："我知道的。"说完又看着我，问："你记得我们俩以前见过吗？"

我笑着说："一开始没想起来，去年在飞机上的时候突然想起来了。"

"其实我一见你就想起来了，那件事我记得肯定比你清楚。"程菲说，"后来我才知道，那天我爷爷看到我了，那几天我爷爷都看到我了，只是知道留不住我，怕分别更难受，所以没出来见我。"

我没说话，默默翻着手里的书。

程菲接着说："我还记得小时候你跟我说，那些故事都是我爷爷从书里看到的，不是真的。你还说了书的名字，后来我还真去看了那几本书，别说，我爷爷记性真不错，故事里的情节记得清清楚楚。"

我说："我也是年纪小，其实我不该直接这么告诉你。"

程菲摇摇头，看着我，说："没事，我早晚会知道的，而且后来我就明白了，小说大多是虚构的，但故事的魅力从来都不在于是否虚构，而在于能不能打动你的心。只要能打动你，那你能感受到的力量就是真的，那些人物就真的在另一个平行时空活着，那些故事会在你心里扎根。"

我看了眼门外，正是傍晚时分，老街该又挤满了人，那些脚步都各有去处，这家老书店不在人们的计划之内。

程菲再次开口："小李，你能帮我做件事吗？"

我说："小程，只要你开口，尽管说。"

程菲扑哧笑了一声，说："明天起，帮我找个地方，能重新开书店的地方，地点在哪里都行。到时候再帮我拍几张照片，我发发抖音、快手、小红书，还有大众点评，我想让更多人知道还有这么一家老书店，这里的主人给每本书都认真写了推荐语，值得来。你看，你能帮我吗？"

我立即答应："当然行了。"

"还有，这里也帮我记录一下吧，"她说，"两个月后这里就要拆了。"

我抬头看了眼湛蓝的天空，没有一朵浮云，正是落日时分，夕阳把这条小巷照得很美，树叶的影子在地上轻轻摇晃，就说："择日不如撞日，今天就开始录吧。"

"还有，"我支支吾吾地问，"我能给你也拍几张照吗？"

她莞尔一笑，那笑容是我见过的最美的笑容，那感觉就像是全世界的美都聚焦在了这笑容上，而这笑容又是专给你一人的，让你知道，全世界的美此刻也注意到了你。

七

老余出院的时候，我跟程菲去接他，跟他说了书店要搬的事。

本来我还害怕他会难过，没想到他反倒乐呵呵地说："书无论搬到哪里，都会有价值。"

程菲说："爷爷，您放心吧，到时候我帮你运营自媒体，帮你营销。"

老余说："自什么媒体？营销是干啥的？"

程菲和我相视一笑。我说："余爷爷，您就别管啦，您就想着到时候要怎么把书推荐给来的人就好。"

老余也笑着看我们，打趣道："你们这俩孩子，什么时候关系这么好了？"

我把手轻轻搭在老余身上，说："您就别瞎说了，我们赶紧回去吧，这几天就要开始搬了。"

我辞了工作，专心忙活书店搬家的事。搬书不比搬家具轻松，我没想到这家小小的书店里居然有这么多书，叫了货拉拉最大号的车来回搬了三次。老余本来想自己一点点慢慢搬，舍不得那些书磕磕碰碰，是我跟程菲好说歹说才劝住的。也是在这段时间我发现，虽然老余表现得很淡然，可其实他还是舍不得这地方，舍不得这条小巷，舍不得这间小屋子。他半生都在这里生活，和书本相依为命，和这间屋子共度时光。他对这间屋子的一切都了如指掌，地板上哪里凸起一块，他都记得是哪一年的事。他还时不时地在小巷里来回踱步，一天我看到他摸了摸那块横在地上的石头，轻轻地说着什么。我猜他也舍不得这块石头，对他来说，哪怕是一块石头，也是回忆的一部分。他爱这里的一切，连不好的地方，也一样爱着。

正式搬走的那一天，我们三个在门口用拍立得拍了张合影。

照片刚显出图像来，老余就一把抢了过去，我和程菲还没来得及看照片到底咋样，他就把照片锁进了一个锈迹斑斑的盒子里。我心说搬书这么多天，怎么第一次看见这盒子，就问程菲。她说她也不知道盒子里到底有什么。我问老余："余爷爷，怎么还藏着私房钱呢，连自个孙女都不知道。"老余一脸神秘地说："这里面可是藏着比私房钱还珍贵的东西。"

然后他锁上玻璃门，贴了一封信，也算是告示。

给光顾过这家书店和想要来光顾这家书店的每位读者：

感谢您记得我这个老头子，记得这家书店。

我们今后会搬到一个新的地址，如果您还想要读书，欢迎去那儿找我。

这家书店我开了快五十年，这近五十年来，我每天都过得很快乐，因为有书，因为还有人想着书。

书是有价值的，感谢您和我，共同相信这一点。

祝您永远身体健康，如果有烦恼，我总是这么说：何以解忧，唯有读书。

小巷里的最后一家书店，于今天与您告别。

但我相信，很快，我会跟您再见面的。

——余翔才

八

老余，余翔才，我余爷爷，后来成了我爷爷的人，是在新店开业的一个月后走的。

那天，他刚过完八十七岁的生日。我和程菲给他买了蛋糕，给他戴上生日帽，吹了蜡烛，他笑着说："一大把年纪了，还第一次这么过生日。"又说："我以为我活不到这个年纪，没想到一转头，都活到八十七岁了。"

我说："爷爷，您还能活很久呢。"

他说："小李、小菲，我很开心，真的。生死有命，但我现在一丁点遗憾都没有了。"

过完生日的第二天，我和程菲见老余早晨没起床，赶紧去他房里叫他。他似乎还睡着，面容安详，看起来像是做了个很好很好的梦。我心一慌，赶紧摸向老余的手，我觉得他的手没有一点温度，也没有一点力量。我回头看程菲，她抿着嘴，眼泪已经流了下来。我回头又看向老余，才发现他是穿着衣服走的，穿着那件我和程菲送他的衣服，打扮得像是要出门做客似的。衣服是我们前几天送给他过冬时穿的，当时他还说，这是他近几年拥有的最厚的大衣，最好的衣服。我站起身，抱住程菲，感受到她的眼泪打湿我的衣服，我也一样泪流不止。我们两人许久一动不动，直到再也流不出眼泪，直到两人都像是成了雕像。接着程菲坐回床沿上，轻轻抚着爷爷的脸。我缓过神来，去开死亡证明，再回到家的时候，看到程菲手里拿着那个熟悉的锈迹斑斑的铁盒。

"我在爷爷衣服左边的口袋里找到的密码,密码是你和我的生日组合在一起,我想着得等你回来一起打开。"程菲说。

我轻轻坐到程菲左边,看着她颤抖着双手把锁打开,掀开铁盒。

铁盒最上边放着的,就是那张拍立得,照片里我们三个人站在一起,老余一只手挽着程菲,另一只手挽着我。老余微笑着,看起来是那么心满意足。

我们把合照小心地放在桌上,又一点点拿出剩下的每一样东西。

原来盒子里放着的每一样,还真都是爷爷的宝贝。

除了我们的合照,还有程菲小时候掉的牙,程菲第一次画的画,还有她爸的照片和很多他小时候的东西。盒子的最下面放着一本书,一本没有名字的书,一本爷爷自己写的书。

我们小心翼翼地把书翻开,书缝里掉出一张照片和一张字条来。

照片是爷爷和奶奶年轻时的合照,下面写着日期和一行字:
我的伴侣,我的黑白的世界里,最美的色彩。

那张字条被压得很平，上面是用幼稚的字体写的几行字：

爷爷，我喜欢书，喜欢书的味道，喜欢听书翻页的声音。

爷爷，你一定要等我回来。

因为我最最喜欢的，就是你了。

遇见

这世界每一份相遇都很奇妙，

每个人，每件事。

一

十一月底的一天半夜，刘勇突然给我打电话，问："喂流浪猫能不能用火腿肠？"

我说："能喂一点，不要喂太多，你怎么突然问这个？"

他回："我在路边遇到一只流浪猫，看它怪可怜的，在小区门口只能买到火腿肠。"

我说："那你就掰成小块，一块块喂。还有，流浪猫一般都怕人，你一靠近就会跑，所以你把火腿肠轻轻丢给它就行，过会儿它自己会去吃的。如果你遇到的是只不怕人的流浪猫，也千万别在它吃东西的时候去摸它，不然它护起食来，准能把你的手划出两道血印子。"

刘勇说："还是你在行。"

我摸了摸我的右手，上面有两道清晰的抓痕，回了句："没什么，血的教训，如果我还能遇到那只狸花猫，我一定要把狂犬疫苗的开药单给它看看，可贵了。"

刘勇乐了，说："它能看懂什么？"

从那以后，刘勇就彻底爱上了那只流浪猫，满脑子只想着怎么把它拐回家。跟我见面吃饭的时候，他还在想，猫咪最爱吃的零食是什么，哪个牌子的猫粮对猫最好，到底要怎么样才能让流浪猫听话。我问他："那只小猫到今天还害怕你吗？"刘勇说："还是怕，我稍微靠近一点，它就跑，可是它总在我回家的时候，算好时间在同一个地方等着我，我觉得应该有戏。"

我叹口气，说："拐一只流浪猫回家没你想的这么简单，它这么怕人，估计之前没遇到什么好事。而且你得想好，决定要养就要好好养，这笔开销你要算好。"

刘勇沉默了会儿，看了眼时间，说："我得走了，该去喂它了。"

我说："你不才刚坐下吗？迟到一小会儿没事的。"

他说："天这么冷，我不放心，怕它熬不过这个冬天，说不定它差的就是我这一口粮。"

他走时我问了一句："找工作的事还顺利吗？"

刘勇给了我一个笑容，说："还那样，没事，别担心我。"

二○二○年的十二月，北京如约入了最冷的冬，窗外时不时刮起寒风，风的声音有时听起来像是在呜咽。这个冬天对刘勇来说也格外寒冷，半年前，刘勇工作了六年的公司没能抵挡住疫情的冲击，在平凡的一天散了伙。从二○二○年的第一天算起，到现在，将近一年的时间里，刘勇没能拿到一分工资。

即便如此，他依然这么说："不怪我老板，他也很难。这事谁来都扛不住，没有人应该被责备。"

即便如此，这一年来，他还是会在每个月的第一天，给家里准时打一笔钱。

他奶奶打电话来问过他，那时我正巧在他身边。

我听到他说："一切都好，您注意身体，好好养病。"

二

二○一五年的夏天，郁郁坐着火车来到了北京。在北京西站下车的时候，她既兴奋又紧张，脑海里反复萦绕着一个年轻的声音，那个年轻的声音来自年轻的她自己，她说："我终于来北京了。"她的行李箱里放着母亲非得放进来的一个电饭煲和一床棉被，母亲非说在外面买不到电饭煲，也买不到棉被。郁郁知道母亲是出于关心，没有争辩，拖着沉重的行李箱，一路北上。

　　她在网上找了一个住处，真到了之后才发现自己受了骗。她跟着导航到了另一个地方，这里是通州的一个老小区，名字跟在网上看到的差了一个字。郁郁在上楼的时候发现楼梯间的灯坏了一半，墙壁上贴满了各种小广告。打开房门的时候，她只闻到了一股灰尘味，再仔细一看，床和桌椅都挤在一块，行李箱都没法平铺在地上。她不怕自己吃苦，只是心疼提前交的房租，早知道她应该再砍砍价，后来她一直没见到房东，一次性交的三个月房租也没能要回来，只能在这里住下。

　　一天夜里，她赶着做 PPT（演示文稿），甲方的要求简直不可理喻，可她没办法，只能硬着头皮，边猜甲方的心思边改，改到快十二点的时候终于交了过去，十分钟后手机屏幕亮了起来，领导回了两个字：重做。她把刚泡开的泡面放在电脑边，用手拍拍自己的脸，咬咬牙，打起精神重做，改到一半实在饿得不行，端起泡面刚吃两口，不留神没抓稳，汤洒在桌上，洒在电脑上，汤汁一点点渗进键盘。

郁郁刹那间大脑一片空白，不知所措地站着，她的房间一片昏暗，只有电脑屏幕还亮着。过了一会儿，电脑屏幕也暗了下去，在一片黑暗中，郁郁流下了来北京后的第一滴眼泪。

后来郁郁自己也不知道是从什么时候开始不再哭的。

很多天，她拖着疲惫的身体回家，打开门却只能看到一个乱糟糟的房子。行李箱立在门口，总是发出磕碰的声响，不久这行李箱也变得伤痕累累。有天下着雨，她回到家的时候浑身湿透，点的外卖说是放在门口，可门前却空空如也。她累得实在是没力气，换完衣服，吹干头发，在床上躺了会儿，才又坐起来重新打开软件，跟外卖小哥沟通，跟店里沟通。沟通的结果是退钱，但得重新下单，出奇的是，这一次郁郁没了任何沮丧的感觉。挂完电话，她换了家店，重新点了份外卖，吃外卖的时候，她把电脑放在床上，边吃边看完了一集《武林外传》。接着，她收拾好外卖盒，拿起电脑，像什么事都没发生一样，继续改白天没做完的PPT，边改边对自己说"我就不信改不好了"。这一刻，她意识到，自己好像变得比以前更从容了。

二〇一八年的夏天，郁郁终于搬了家。那天她收拾行李时，才发现三年过去，自己的行李还是那么些，跟她刚来北京时一样。这三年她没有买家具，也没有购置任何新东西，不仅仅因为房间里放不下，也因为她自始至终都没能在这个屋子里找到任何一点归属感。搬家的时候，她当时的对象帮着一起搬，他说："你看，日子总会变好的。"郁郁说："我终于可以在打电话回家的时候不用再骗人了。"他说："你那不叫骗人，是让家里人放心。"郁郁摇摇头，说："话是这么说，可每次打完电话还是觉得心里不踏实，这下好啦，可以踏实了。"这时两人站在不大又空荡荡的客厅，他边打开行李箱边说："我们一起好好布置家，开启新生活。"郁郁说："我也存了一小笔钱，明天就准备辞职，要不咱们一起创业，我再也不想改PPT了。"

自那以后，郁郁才觉得自己的人生步入了正轨。

新住处在五环和六环中间的一个小区里，虽然位置还是很偏，屋子也很旧，但面积比之前大了一倍，一室一厅，还有一个半独立的厨房。房子朝东，卧室窗外正对着一条小河，小河边是一个不大的公园，清晨窗帘的缝隙刚透进一点光时，郁郁就会准时起床，悄悄拉开窗帘，看看河边的公园跑道上已经有人跑起了步，看看朝阳从公园后边的高楼缝隙中缓缓升起。郁郁喜欢这样的风景，这样的风景让她觉得自己是真正地活着。不过她看不了太久，因为没多久准会传来她对象的声音，说外面太亮了，快把窗帘拉上。这之后郁郁会准备早餐，然后出门去自己的工作室。她做设计兼美工，平日里接一些活，有时候是为小公司设计 logo（标识），有时候是为影视公司做宣传海报，有时候也会做一些网页的设计。虽然都不是什么大活，但能养活自己。

有一天，郁郁想养一只猫，在网上找了又找，看了又看，这才知道原来现在的猫咪这么贵，干脆领养代替购买，找到了一只橘猫。橘猫的前主人是个编剧，要离开北京回成都，心里百般不舍，见到郁郁的时候拜托她一定要好好照顾橘猫。郁郁说："放心吧，我小时候家里就有一只橘猫，跟它长得简直一模一样。"郁郁把橘猫带回家的那天，她对象看着既惊讶又开心，说："放心吧，我跟你一起好好养它。"她说："正好你平日都在家工作，你跟它待一块我放心。"说完又抱起橘猫，说："从今天起，你就叫元宝，金元宝的元宝。"

她对象说："这名字好，吉利。"

三

刘勇接连三天都没有看到那只流浪猫。

他把小区找了个遍，又听说流浪猫在冬天喜欢待在车底下，便跑去地下车库，趴在车底，一辆车一辆车地找。没多久，小区保安下来一把抓住他，说他形迹可疑，问他到底是做什么的。刘勇说："我就住这儿，趴车底是为了找一只流浪猫，就经常在小区门口蹲着的那只，你肯定记得它，好几次我喂它的时候，你就在旁边。"小区保安说："我知道你说的那只猫，昨天我还看到它了。"

刘勇觉得遇到了救星，忙问："那你知道它现在在哪儿吗？"没想到对方语气冷漠，说："一只猫去哪儿我怎么可能知道，你赶紧回家，要不然我工作没法交代。"刘勇说："我刚才趴地上发现一堆小卡片，那些小卡片是怎么进来的？"保安挥挥手，说："我怎么知道，你管这么多干啥？我看你这人就是闲得慌。"

刘勇没再说话，回家的时候还在担心，他知道流浪猫经常会从小区里消失，就算他有意想找也找不到。他只好强迫自己定定心神，想着打开电脑看看邮件，却鬼使神差地打开 word（微软文档），写了封寻猫启事。

他打电话跟我说起这事，我说："这也没办法，你就还是每天去那个地方扔火腿肠，兴许哪天它会回来。"刘勇说："希望只是有人把它带回家了。"我说："希望是，你就别再想了。"刘勇停顿了会儿，忽然说："我觉得空。"我忙问："什么空，你在说什么？"

电话那头沉默了好几秒。

接着刘勇开口了，他说话的声音听着很轻，像是从很遥远的地方传来的似的。

他说："觉得心里空，它还在的时候，我觉得这个世界上还有需要我的地方。它一消失，我觉得好像自己也不再被需要了。"

我说："你别瞎想。"

电话另一头的他深吸了一口气，说："我奶奶前些日子摔了一跤，就在我给你发信息问流浪猫怎么喂的前一天，本来人好好的……"

我大脑一片空白，问："你怎么从来没跟我说起这件事？"

他说："说不说其实都一样，你也有自己的事要忙。"

我问："可你这个月的第一天不还给你奶奶打了笔钱吗？"

"我不知道自己为什么还会打那笔钱，可我就是忍不住会在那天打开手机，输入熟悉的银行账号，在确认的时候看到熟悉的名字。我觉得可能是因为潜意识里我觉得奶奶还在这个世上……"说到这里，刘勇说不下去了，半晌没再说话，再开口的时候，声音听起来像是刚掉进了水里。他说："后来我才发现，我给奶奶打的那笔钱，老人家一分都没动。"

我挂断电话，赶到他家小区，跟他一起找遍了周边的好几个小区，又去地铁站附近找了很久，却始终一无所获，最后只能在附近贴上寻猫启事。这时他突然开口说了句"谢谢"。

我说："有什么好谢的？"

他说："我在北京这些年，以为交到了很多朋友，可现在还联系的，也就只有你。这些日子我窝在家里，找不到工作，一切都回到原点。失眠的时候我一遍遍回想，不知道自己这些年到底都做了什么，不知道为什么会变成现在这样。我猜别人都会觉得一只流浪猫有什么好找的，我猜看到这则寻猫启事的人说不定还会笑我，可你没有，你跟我一起贴。"

我说："你还记得我来北京找房子的情景吗？是夏天，你跟着我跑了好几个小区，帮我跟中介周旋。如果不是你，我估计早就被中介坑了。"

他说："我最近一直都没问你，你过得怎么样？"

我一边把最后一张寻猫启事贴上一边说："就那样，跟所有人都一样，等着疫情过去，等着复工，等春暖花开。我前段时间也觉得心里空，真的，不是故意这么说安慰你。不能出门的日子，我在家里收拾了十几次家，看了十几部剧，看了十几天抖音，越看心里越空。我想找人说话，可跟你一样，这么多年好像也没找到几个能说上几句心里话的人。我以为这么闷在家里早晚得疯了不可，没想到一眨眼就几个月过去了。我跟你说，以前我一点都不会做饭，觉得做饭太麻烦，现在我都喜欢上下厨了。我不知道日子会不会好起来，但终归日子还在继续。人虽然有时候挺渺小脆弱的，但有时候也坚不可摧，我们都得活下去，我们也会活下去。"

刘勇顿了顿，说："谢谢你，这是我最近这段时间听到的最好的一段话。"

我说："你别再跟我说谢谢了，这些话本来也没人听，能说出来我也觉得够了。"

四

秋天的命运似乎总是很短，尤其是在北京，夏天好像才刚刚过去，转眼就是天寒地冻。

二〇二〇年十一月，郁郁穿着厚厚的羽绒服，戴着手套和帽子，全副武装地在北京西站等人。她平日里不喜欢穿这么多，觉得累赘，之所以今天会这么穿，是因为来的人是她母亲。从一周前知道母亲要来的那天起，郁郁就像是要准备大考的学生，怎么准备都不够，紧张得好几晚都没能睡好觉。她把房间收拾了好几遍，又在网上买了几盆绿植，放在客厅，好让这个家显得温馨一点。在网上买的鞋柜和家具估计是来不及到了，她也不知道应该怎么办，想了想，只能先从闲鱼淘一些二手家具来。首先要搬的是沙发，客厅虽然不大，但没有沙发怎么也说不过去，她找到了一个卖家，也顾不上这沙发到底质量怎么样，第一时间下了单。二手家具当然没人负责配送，她心想沙发不大，想试试自己能不能搬。没承想她连沙发都抬不起来，跟卖家好不容易把沙发运出小区，就已经累得抬不起腰来。没办法，郁郁只能叫了辆货拉拉，让师傅帮忙搬到自家楼下。

那天下着雨，郁郁站在楼下，一只手护着沙发，另一只手拼命地把沙发搬进单元门。衣服被雨水打湿，她的头发也彻底湿透，贴在头皮上，贴在脖子上，不住地往下滴水，她也顾不上擦。电梯放不下沙发，她只能硬着头皮把沙发往楼梯间里搬，上三个台阶滑下两个台阶，不一会儿，她的手就被划出好几个口子。搬到四楼的时候，她差点想放弃，那一瞬间她想起了已经分手的前男友，心里居然有个念头，如果他在就好了。郁郁想起之前搬家的时候，是两个人一起搬的。那时候她还觉得新生活就在眼前，想到这儿她扇了自己一巴掌，用尽最后的力气把沙发搬进了家。她脸颊上淌着水，一半是雨，一半是汗。

这一天，她依然没有哭。

深夜的北京西站依然人来人往，喇叭在一遍遍播放，说让人不要拥挤，按秩序排好队，戴好口罩，保持安全距离，出示核酸证明。郁郁觉得自己第一次来北京的时候，见到的北京西站不是这个样子，见到的人也不是现在这个样子。那时每个人虽然疲惫，可脸上都还挂着笑，好似未来充满了希望，现在大家步履匆匆，表情都藏在口罩里，眼里写着的，还有疲惫和迷茫。妈妈的身影刚一出现，郁郁就看到了她，用力向她挥了挥手，跑了过去。到家的时候，郁郁她妈先是四周转了转，又打开冰箱看了看，什么也没说，从冰箱里拿出郁郁上午买的菜，走到厨房准备下厨。郁郁说："妈，你来北京，你是客人，我来下厨。"

郁郁妈说："你很久没吃过我做的饭了吧？让妈妈做，妈妈想做，妈妈想看你吃，你就去看会儿电视，实在觉得过意不去，就收拾收拾家里。"

郁郁坐在沙发上，打开电视，看了一集《武林外传》，她知道妈妈也喜欢看，就把声音调大了些。

这时她才发现沙发有一块硌得慌，一摸，发现弹簧凸起了一块，她赶忙跑到卧室，找了个枕头盖上。

吃饭的时候，妈妈说了很多家里的事，说起李叔，说起王婶，还笑呵呵地跟郁郁说起亲戚的八卦。郁郁觉得自己的年纪越大，妈妈就越像是自己的姐姐，说是母女，也像姐妹。电视里的《武林外传》还在放着，燕小六说起自己的经典台词："帮我照顾好我七舅姥爷他三外甥女。"郁郁跟着电视剧台词笑，一抬头，撞见她妈对着她的眼神，一下慌了神。接着郁郁她妈开口问她："闺女，你这两年过得还好吗？"郁郁一下坐直了身，笑着说："妈，我过得很好，你看这么大的屋子，我自己一个人住。"

郁郁妈环顾一圈，说："这屋子其实不大，是因为少了一半的东西，看着空，才显得大。"

郁郁脑袋嗡的一声响，半晌才说："妈，你都知道了？"

郁郁妈给郁郁夹了一筷西蓝花，说："妈知道你最爱吃这菜了，多吃点。"

这时郁郁感觉到脚边有个温暖的东西，一低头，发现是元宝正在蹭自己的脚。

她笑了，说："妈，你做的菜，元宝闻着也觉得香。"

郁郁妈说："你好好照顾自己，也好好照顾元宝。妈记得小时候你就爱猫，说猫乖，猫可爱，还说喜欢照顾猫，就像妈妈照顾小孩，我当时还乐，心说你小小年纪，就懂得照顾别人，还能从照顾别人里找到快乐。妈从那时候就知道你是个什么人了。"

郁郁忍住泪，说："妈，你放心，我肯定会好好照顾自己的。"

第二天郁郁本想着带妈妈在北京转转，从前几年起她就老听妈妈念叨，说要看看故宫看看天安门。可没想到妈妈订了下午的票，吃完午饭就得走。郁郁问："妈，你怎么不多待几天？"郁郁妈说："我在北京多待几天你爸怎么办，全世界就你爱吃妈做的饭啊？你爸也爱吃。"

郁郁问："妈，你来北京就是为了看我一眼吗？"

郁郁妈拍拍她的头，说："傻闺女，别给自己脸上贴金了，妈就是来北京感受感受，我看新闻里天天说北京有雾霾，这也没有啊。"

郁郁说："那是几年前，现在早治理好了，加上这段时间闹疫情，很多工厂都停工了。"说到这里郁郁看了眼妈妈，用力握住她的手，说："妈，你跟爸，一定要保护好自己，我不在家，你们要注意好身体，戴好口罩，到家记得用酒精消毒。妈，对不起，让你不放心，还得让你在这个时期跑北京来看我。"

郁郁妈又轻轻拍了拍她的头，说："我不是说别给你自己脸上贴金了吗？你放心，你妈你爸我们都活了多少个年头，'非典'那年我们也经历过来了。疫情早晚会过去的，日子会恢复正常的。你的日子也会恢复正常的，爸妈一切都好。你好好照顾自己，好好照顾元宝。"

郁郁说："知道了，妈，你昨天不都说过一遍了吗？"

郁郁妈说："妈恨不得再多说几遍，不然你根本记不住。"

她们在北京西站门口告了别，本来郁郁想买张票进站送她，郁郁妈说别浪费这个钱，又让郁郁别再送了，天冷早点回家。郁郁看着妈妈走进检票口，跑到窗边想看看能不能看到妈妈的身影，没想到一眼看到妈妈就站在窗边，一人在窗里，一人在窗外，郁郁妈向郁郁挥了挥手，又点了点头，转身上了楼。

回到家郁郁坐在沙发上，抱着元宝，眼泪流了两行。

这之后又过了半个月，郁郁回家的时候，发现门开着。

那天她那已经分了手的对象回来拿东西，这件事郁郁也知道，前段时间收拾家里的时候，她发现床底下居然还有一箱他的衣服。郁郁给他打电话，他好像不想让郁郁知道自己的新住址，怕郁郁过去闹。郁郁说："我一点都不想闹，我们在一起好歹生活了两年多，也算是和平分手。我也没闲工夫再跟你闹，算了，我也懒得寄给你了。这箱衣服我放家门口，你趁我工作的时候自己回来拿，如果我今天回家还能看到它，我就把它扔了。"

想到这儿郁郁心一慌，走进家门，走到熟悉的地方，却到处都看不到元宝。她强打精神，给前任打电话，质问他为什么要开门。前任说："我就是想着说不定还有东西没拿，也就是想试试，谁知道你连密码都没换。"郁郁说："我他妈就该换密码，元宝如果丢了，我跟你没完。"

他们连续找了一周，可怎么也没能找到元宝。

前任说："我就是把工作辞了，也陪你找到元宝。"

郁郁说："你走吧，我再也不想看到你，请你也不要找我，如果让我再看到你，我就报警。"

回到家，郁郁看着本就空了一半的房子，瘫坐在了地上。

五

手机响起的时候，刘勇还以为是广告电话。这些日子他依然没有放弃寻找那只流浪猫，但哪里都见不到它的身影。他也还是会在固定的时间，去那里轻轻放下火腿肠，然后蹲在一旁，可蹲到腿都麻了，也没能看到它。这些日子手机也响起过几次，刘勇每次都兴冲冲地接，每次听一半才发现是广告。有一次他刚听完第一句就觉得烦，跟手机对面的人吵起架来，吵到一半才发现对面是个机器人。这次他也以为是广告电话，接起来刚想挂，却听到对面的人问："请问是你在找一只流浪猫吗？橘猫，浑身的毛都是黄色的，但尾巴有一节是白色的。还有它鼻子上的毛，有一小节也是白色的。"

刘勇赶忙按掉免提，把手机放到耳边，着急忙慌地说："对对对，请问您是在哪里见到它的？"

对面的人沉默了两秒，才说："我也在找它。"

刘勇这才知道，他一直喂着的流浪猫有名字，叫元宝。

六

两人见面的时候，北京的天下起了雨。郁郁撑着一把红色的伞，准时出现在小区楼下，她说以前元宝在家的时候喜欢趴在门口，喜欢玩这把伞。刘勇说："我已经有两周没看到它了。"郁郁没说话，两人默契地开始一轮搜索，搜完小区，搜地下车库，搜完地下车库又跑到地铁站。郁郁一路喊着元宝，说元宝亲人，听到声音说不定就会自己过来。刘勇说他看到那只小猫的时候，小猫总是躲着他，会不会是哪里搞错了？郁郁没回答，只是念叨着，先找到它，先找到它再说。

天暗得很快，昏黄的路灯亮了起来，本该热闹的街却没有，一半的招牌都暗着。那些熟悉的店、熟悉的人，都在这个冬天到来之前就搬走了。刘勇去小卖部里买了根火腿肠，但其实心里没有抱太大希望，他很想告诉郁郁，告诉她这些日子这里早就被他翻了个底朝天。小卖部老板问："还在找那只猫呢？"刘勇点了点头。老板说："你们要不去后面找找。"刘勇说："找过了，那里的垃圾我都翻过，就是没看到它。"老板说："昨天夜里我去倒垃圾的时候，看到过几只流浪猫。"郁郁抬头着急地问："什么时候看到的？"小卖部老板想了想，说："我记得是店关门的时候，十二点左右吧。"郁郁连忙道谢，说："那我们先找找，等半夜十二点再过来看看。"

　　北京的冬天通常不下雨，这天的雨却像是为了弥补之前的干旱似的，下了一整个晚上，连绵不绝。他俩撑着伞，冒着雨一路找，没多久鞋子都湿了。刘勇看着自己的鞋，又看了眼郁郁湿透的裤腿，心想那只叫元宝的橘猫一定对她很重要。等手机提醒半夜十二点的时候，刘勇已经累得浑身都没有力气，他拖着疲惫的脚步往前走，边走边觉得绝望，他心里升起无数个不好的念头，他想起前些日子看到的新闻，看到的那些小猫受虐待的新闻，看到还有人以此为乐。他不愿想下去，可又不知道这年头还会不会有人愿意收养一只流浪猫。

垃圾站前堆满了垃圾，空气里弥漫着难以形容的臭味，又因为下雨，走在路上像是蹚过臭水沟。刘勇想着让郁郁在外边等，却没想到郁郁一步都没停，径直向垃圾堆走了过去。他也赶忙走过去，一边喊元宝的名字，一边打开火腿肠，希望那只小猫真能从垃圾的臭味中闻到火腿肠的香味。就在这时，垃圾堆里有个塑料袋动了动，一个身影飞快地从垃圾堆里蹿了出来，一路跑到树边。刘勇一看，竟那么像他找了两周的流浪猫，可他又不敢确定，求助似的看向郁郁。郁郁也愣在原地，嘴巴半张着想说些什么，可又害怕吓走眼前的这只流浪猫。因为它看起来是那么害怕，伏在树边，肚子贴在泥地上，双眼瞪得很圆，耳朵竖起，后腿蓄着力，以备随时逃走，再一细看，它竟浑身都在颤抖。

刘勇想了想，小心翼翼地拆开火腿肠，掰成小块，轻轻扔了过去，边扔边说："你还记得我吗？不记得也没关系，你记得这火腿肠的味道就好。如果你真是它，你就吃两口；如果你不是它，也没关系，那你就吃一口。"见流浪猫依然一动不动，他又说："如果你真是它，我想告诉你，遇见你的时候，是我情绪最低落的时候，如果那天没有遇见你，我可能就真离开北京了。我想过把你拐回家，可你还是有点怕我。我想着跟你好好建立感情，可一转眼都两周没见你了。你怎么过成这样了？快吃吧，你肯定饿了。"

小猫的身体似乎停止了颤抖，它稍稍向前动了动，鼻子嗅了嗅，可依然保持戒备。雨越下越大，雨点打在小猫身上，不一会儿，它已经浑身湿透。这时候，一直站在刘勇身旁的郁郁撑着伞向小猫走了过去，小猫拱起身"哈"了一声，向后退了一步，身子半转了过去，却不知怎的，没有直接逃走，而是停下来看着郁郁。郁郁没有说话，又轻轻地向小猫走近半步，跟它保持一定的距离，把伞支了出去，身子的一半淋在雨里。

刘勇怔怔地看了一会儿，忽然明白过来郁郁到底在做什么。

她在给它撑伞。

小猫似乎也终于放下了戒备，它一点点转过身，边用鼻子嗅嗅边一点点向火腿肠靠了过去。就在刘勇想着它到底会吃一口还是两口的时候，小猫却突然叼着火腿肠，扭头跑开了。郁郁在原地蹲着，刘勇一时间没反应过来，等追出去的时候，小猫已经不见了踪影。他垂着头走回郁郁身旁，轻轻拍了拍她的肩膀，问："是它吗？"

郁郁说话的声音有些沙哑，她说："是它，我看得很清楚，可它为什么没认出我来呢?"

刘勇说:"是它就好。"

郁郁听着像是在问自己:"离开家的这些日子它都遭遇了什么呢? 怎么这么怕人,怎么耳朵还缺了一块?"

刘勇心一沉,说:"我见它的时候,它的耳朵还好好的……"

说到这里刘勇也不知道应该说什么了,两人一起蹲在树下,不知道蹲了多久,淅淅沥沥的雨小了些,他们终于站起身,边走还边回头。刘勇说:"明天我们再来。"郁郁沉默地点点头,她把伞收了起来,伞尖垂在地上。

就在他们走到小区门口,准备告别的时候,突然蹿出两只可爱的小奶猫,盯着刘勇手里剩下的火腿肠"喵喵"直叫。刘勇还没搞清楚这两只亲人的小奶猫是从哪里来的,突然听到郁郁轻声向着另一边说:"你回来啦。"

刘勇扭头一看,竟然看到了那熟悉的橘色,看到那只小猫,正在用脑袋轻轻地蹭那把红色的伞。

刘勇突然眼圈一红,说:"元宝,你可以回家了。"

七

后来我问刘勇，他是从哪一刻喜欢上郁郁的。

刘勇歪着头认真想了想，说："是她给元宝撑伞的那一瞬间。"又说："也不是，可能是那天我看着她走了一路，也没放弃的时候。还可能是我第一次见她的时候，就喜欢她了。"

我乐了，说："反正说来说去，就是那一天呗。"

刘勇笑着说："你有没有觉得，这个世界那么大，两个人能相遇真的很奇妙。"

我说："这世界每一份相遇都很奇妙，每个人，每件事。"

刘勇说："有一段时间，我觉得越是往前走，就越是孤独。我本来以为会遇到很多人，可到头来反倒弄丢了很多人。但现在我明白了，我们不需要遇到很多人，我们需要遇到的，其实就那么几个人。这世界上真正在意我们的人很少，我们真正在意的人也不多，但只要有这么几个人存在，仅仅是存在，我们就会发自内心地觉得这个世界还有救。"

我抬起头看着刘勇，说："你之所以会遇到郁郁，是因为你心软，心好。你想想，如果你看到那只流浪猫却又没当回事，你还能遇到郁郁吗？如果你后来没有像发疯一般地去找它，你还能遇到郁郁吗？如果你没有跟傻子似的，为一只流浪猫写一个寻猫启事，你还能接到那个电话吗？这个世界还有救，是因为你还有救。这个世界有希望，是因为你心里有希望。这个世界有真诚，是因为你真诚。郁郁救了你，你也救了自己。"

刘勇说："我以前怎么不知道你这么会说，要不新婚誓词你来帮我写。"

我说："去去去，你自己写。"

刘勇苦恼地说："我要是能知道怎么写，今天还找你聊这么久干吗？"

我说："你就按照自己的内心去写吧，想对郁郁说什么，就写什么，没有什么比真情实感更动人。真的。"

刘勇说："其实我到今天心里也没有底，我不确定能不能给她最好的生活。"

我拿起酒杯，说："哪儿有什么最好的生活，你能给的都给，对她来说，就是最好的。"

八

二〇二三年二月，北京依然很冷，但比往年热闹了很多，走在路上，招牌也都亮了起来，似乎一切都在复苏。

郁郁又去了次北京西站，心情依然很紧张，她穿着羽绒服，戴着手套和帽子，全副武装。因为这一次，她父母一起来了。刘勇的心情也很紧张，前几天晚上他一直都没能睡好，睡不着的时候就跑到客厅去跟那三只猫说话，一会儿说好不容易找到了现在的稳定的工作，希望疫情放开后，一切都能好起来，一会儿又说不知道以后到底能不能改善生活。三只猫咪当然不知道人类在说些什么，只顾趴着睡觉。

几个人到家之后，郁郁妈还是跟上次一样，跑到厨房做饭，郁郁也在厨房帮忙，刘勇也想帮忙，却被赶了出来。郁郁轻声说："我爸有话要对你说。"

刘勇走到客厅，整理整理衬衫，板正地坐下，这件衬衫是昨天特地熨的，希望自己能给郁郁爸一个好印象。他想着第一句话应该怎么开口，大脑却一片空白，一张嘴反倒咳了一声，把他自己都吓了一跳。刘勇想了想，还是得把电视打开，低头却找不到遥控器，他满头大汗，边挠头边四处张望。这时郁郁爸开口了，说："听说你的工作是前段时间刚换的？"

刘勇顿时直起身，手搁在膝盖上，说："叔叔放心，我会好好干的。"

郁郁爸沉默地点点头，五分钟后才再次开口，说："我听郁郁说你们是因为元宝认识的。"

刘勇说："对，那个时候元宝走丢了，正好被我遇上。"

郁郁爸说："所以你那时候都会准点喂一只流浪猫？"

刘勇吃不准他话里的意思，只能认真点头。

"郁郁现在状态挺好，"郁郁爸清了清嗓，顿了顿，又说，"遇到你之前，她过得很不好。孩子她妈来看过她一回，我本来也想来，可那时候我身体不好。她妈回来跟我一说我就知道了，这孩子是受了天大的委屈。再后来元宝就丢了，我闺女从小就喜欢猫，元宝丢的那天她给家里来过电话，我和孩子她妈能从电话里听到哭腔，这么多年，孩子她妈就接过一次这样的电话。我知道，这是因为所有的事都一起压在了郁郁身上。所以，作为她父亲，我想对你说一声谢谢。"

刘勇赶紧站起身，说："我那段时间也过得很糟糕，是因为遇到了郁郁，我才好起来的。"

郁郁爸接着说："小刘，我跟你也不熟，但郁郁十次电话里能提你九次，每次提你的时候都挺开心，孩子开心我们就开心。所以想想这些话就这次都跟你说了，叔叔跟你约法三章：第一，郁郁这孩子离家远，我跟孩子她妈能帮到她的地方不多，你不能让她受一点委屈；第二，郁郁这孩子从小就聪明有主见，她来北京也是为了追求自己的梦，你不能让她放弃自己的梦想；第三，照顾好小猫们。就这三点，小刘，你能做到吗？"

刘勇站起身，大喊了一句，说："我保证，一定做到！"

这时厨房的门恰逢其时地打开了，郁郁和郁郁妈端着菜走到客厅，郁郁看了会儿刘勇，又看了会儿她爸，一脸笑容，说："想说的话说完了？"

郁郁爸一脸严肃，说："说完了。"

郁郁走到刘勇身边，轻声说："你别看我爸刚才那么严肃，这些话他在家里排练了好几天呢。我妈刚跟我说，他也好几天没睡好，也紧张。"

郁郁爸"啧"了一声，看了眼郁郁妈，站起身清清嗓，走到郁郁妈身边，嘴里嘀咕："今天都做什么菜呢？"

郁郁妈说："还有一道菜没做，留给你的，快去，给小刘露一手。"

郁郁爸什么都没说，只是轻哼一声，转身去了厨房，这时候郁郁妈走了过来，认真地看向刘勇，对他说："小刘，我再补一句，你也照顾好自己的身体。郁郁如果有什么没做好的，你就跟我说。"

郁郁笑出声，说："合着你俩是一个唱黑脸一个唱红脸呢？"

郁郁妈又轻轻拍拍郁郁的头，说："你怎么又这么自作聪明，啊？你妈跟你爸都是认真的。"说完又对刘勇轻声说了句："我家傻闺女，还有这三只小猫，就交给你了。"

刘勇挺起背，大声说："您放心，阿姨，遇到郁郁是我这辈子经历过的最好的事，是她拯救了我。往后，我们一定会互相照顾，互相支撑的。"

郁郁站在刘勇身边，笑盈盈地听完父母和刘勇的对话，说："说话就好好说，声音这么大干什么？"

刘勇慌了，说："我就是……情绪表达，表达情绪……"

郁郁笑得直不起身，这时候郁郁爸也做好了最后一道菜，端上了餐桌。三只小猫听到了动静，耳朵一动，齐刷刷地从沙发上跳了下来，翘着尾巴一步一步走到餐桌边。郁郁俯下身抱起元宝，又让爸妈各抱起一只小奶猫，对刘勇说："你负责拿手机，我们四人三猫自拍一张。"

这时候天已经彻底黑了下来，对面的楼里也亮起了几盏灯。郁郁突然想到这么多年她在北京的生活，想到这座城市真的很大，但她在这座城市有了家。

两个月后，我去他们家吃饭，瞥见冰箱门上贴满了照片，那张合照就贴在最中间，下边用笔写了一行小字：幸运是我遇见你们。

窗外春暖花开，树枝长出新芽，温度正好，风也温柔。公园也不再冷清，热热闹闹，许多风筝飞在天空中，身后是蔚蓝的天，云朵静悄悄地变换着形状。几只鸟儿飞过天际，又忽然转了几个弯，停在树枝上。我打开窗，花的味道随着风来，远方的山一片新绿。

新的春天到来了，我想，疫情放开后的第一个春天，这会是很好很好的春天，这也会是很好很好的一年。

国宝

国宝你好，

站在你面前的，是我爸我妈，

你肯定不认识他们。

但是在我心中，

他们跟你一样，也是国宝。

一

在我最初的记忆中，父亲所占的比例并不高，至少在我十岁之前都是这样。那时候我早上大概七点起床，母亲会做好早饭，一碗粥配花生，但我从没有跟父亲一起吃过早饭，在我起床之前他就去单位了。那时候晚上我也睡得早，母亲允许我看电视的时间也就两小时，我看完一集动画，再看个《新闻联播》，去院子里玩会儿，也就到我该睡觉的点了。父亲很少能在我睡着前回家，有时候我睡得迷迷糊糊，能听到门开的声音，我能感觉到他的脚步走向了我，我能感觉到他用下巴轻轻蹭了蹭我，但睡梦中的我只觉得难受。所有街坊邻居都说我跟他长得像，尤其是眼睛和招风耳，像是一个模板里刻出来的。有一天，一个陌生的叔叔来家里，一眼就看到了我，一眼就认出了我是谁。也是在那一天我才真正搞清楚，父母都在小镇旁边的工厂工作，但职位不同，我妈是会计，我爸在车间里干活。这个陌生的叔叔过来，是为了告诉我母亲，父亲他马上就要升职，成为车间主任了，今晚给他庆祝，让她一起去吃饭。我妈回头问我要不要一起，我说一会儿我自己一定乖乖洗漱睡觉。

那天母亲一走，我就偷偷打开了电视，虽然动画播完了，可还能看电影频道。那时候放的电影我还记得，主演是周星驰，配角是吴孟达，我的计划是看一会儿就把电视关掉，然后跑回房间睡觉，不留一点痕迹。可没想到电影好看到让我入了迷，电影播到最后一场比赛的时候，周星驰扮演的角色在比赛里落后，正是要紧的时候，我爸妈回来了。我吓得直接从凳子上跳起来，支支吾吾地想解释，没想到我妈没说我一句，而是径直跑到我身边，把我抱了起来，一脸兴奋地说，以后有好日子过了。我爸从我妈手里接过我，把我举过头顶，我在父亲的头顶上方看着他，发现他头上有几根白发。然后我下意识地抓住了父亲的手臂，那是我记忆里第一次直观地感受到父亲的强壮。我也是第一次闻到那么重的酒味，下意识捂住了鼻子。父亲说："今天喝了不少酒，不过是因为开心。"

第二天母亲就带我去小卖部买了新的铅笔盒，铅笔盒面是灌篮高手，打开印着九九乘法表，我一直嚷嚷着想要这个铅笔盒，主要就是因为这个九九乘法表。父亲这天也早早到家，给我带回来一个老旧的四驱车玩具，这是我常看的动画里的四驱车，虽然破旧了些，有几道明显的划痕，但我欣喜若狂，爱不释手。我抬头看了眼我父亲，他一脸微笑地看着我，又把我举起来，用下巴蹭了蹭我。没刮干净的胡楂刺得我的脸颊很痒，我边笑边让父亲把我放下，父亲不肯，一路举着我走到门外，在邻居家门口绕了一圈。我那时虽然还小，可被这么举着总觉得丢脸，一生气咬了我父亲一口，他才把我放下。把我放下的时候他笑得更开心了，我缓了缓神，瞅了瞅街道，天气很好，即将落山的太阳依然有力地晒着我。

父亲到家准备吃饭，刚坐下，家里电话就响了，他又得回厂里。母亲把他送到门口，又坐回来，把我的铅笔盒打开，让我掏出一张纸。她说："儿子，你给我算算，一个月1800块，放银行里，一年后能有多少利息。"我说："算利息那是初中数学，我才小学三年级，妈，你不是会计吗？你自己不能算吗？"我妈笑着说："行行行，那不算了。"说完我妈饭都没吃，在不大的屋子里四处转悠，敲敲电视机，又敲敲凳子，敲敲柜子，又敲敲床。我搞不懂我妈在干什么，我妈说："你爸跟我都商量好了，你想不想要一个大点的电视机？"我点头如捣蒜，当然想了，现在放着的这破电视三天两头没信号，搞得我《四驱兄弟》看得断断续续。

我妈又说："吃完饭，妈带你去镇里的商店逛逛。"

那时候小镇刚建起一个超市，里面什么都卖，大得没边，我能在里面跑几圈。超市里也什么东西都贵，苹果都比小卖部的贵一倍。超市刚开门的时候，门口光鞭炮就放了一个小时，我和我妈从门口路过，我妈还说："开这么贵的超市谁会来啊。"谁知道也就过了一个月，逛这里的超市成了时髦，我爸妈一直都想来，但一直没敢走进去。我拿了个苹果，也没多想吃，就是想拿起来看看到底有什么不一样，我妈拍了拍我的手，说："我们今天先看看，你别碰，碰脏了就得买了。"我说："我刚洗过手，不脏。"我妈轻轻把我拽到一旁，说："你没看到人售货员盯着你吗？"我说："盯着就盯着，我手又不脏。"我妈想了想，点点头，说："也是。"自己在超市里也逛了一圈又一圈。

等我们走出超市的时候，我看到超市对面停着几辆挖掘机，正在修路。我妈说："这条路有一部分就是你爸负责修的。"我问："修路干什么？"我妈说："顺应时代发展啊，妈跟你说，这条路建好以后会特别宽，飞机来了都能当跑道。"

这是我九岁时候的事。

二

我十岁那年，开始常常能见到我父亲了。有时候我起床吃早饭，发现他还在家里，有时候刚看完动画，《新闻联播》还没开始，我爸就回来了。那时候我也不知道发生了什么，还以为是因为我爸升了职，所以工作时间变短了。那个陌生的叔叔也常常来我们家，跟我爸在门口抽烟。我不知道他们在聊什么，能聊这么久。我妈还是像往常一样，没对我说什么，把我送去上学，放学的时候又来接我。我妈有个习惯，就是会把皱巴巴的零钱都放在电视旁边的盒子里，那个盒子还是有一年春节的时候，吃完没扔掉的金属糕点盒。那天我妈把我接回家，突然脸色一变，让我回房间写作业。我刚关上房门，就听到"哐当"一声响，是盒子摔在地上的声音。我不知所措，在房门口站了很久，却又没勇气走出去问问到底怎么了。没多久我爸回来了，我就听到了他们的争吵。时间的流逝变得无比漫长。我做好了数学题，走到门边又回来；我看完了语文课本上的一个故事，走到门边又回来；我整理好衣服，整理好书包，走到门边又回来，等到肚子咕噜咕噜叫个不停，才走出房门。我没有看到父亲，只看到母亲在电视前坐着，不停地换台。

那条马路修完的时候，我即将满十一岁。父亲出门的规律开始让我捉摸不定，有时候他一个上午都在家，有时候他又到半夜才回来。他能在家里看到我，可又跟我不怎么亲近，有时候我会跟他四目相对，我觉得父亲的眼里除了愤怒以外，好像什么都没有。这时候我已经大概明白了是怎么回事，明白了父亲原本应该升的职被一个空降来的人抢走了，原因明面上说得很清楚，那人是个高学历的，我父亲高中肄业，只有初中学历。尽管我一直觉得父亲什么都懂，没有念过那么多书也没关系，无论是课本上的，还是生活里的，任何问题我问他，他都能给我个答案。我也知道父亲一直都在读书，他房间里放着很多书，有的已经老旧到发黄脱了页。书旁边还有好几个奖状，上面都写着"先进个人"。

十一岁我过生日那天，父母带我去肯德基，因为那时候有个活动，生日那天可以半价，我总嚷嚷着想去，同学都去过了就我没去，终于靠生日逮到了机会。坐下后父亲问我："你有什么生日愿望？"我说："希望你们不要吵架。"我爸妈愣了几秒，看了会儿彼此，父亲一只手拉住母亲，另一只手摸摸我的头，说："不吵了，再也不吵了。"说完又看着我妈，说："这一两年我也想通了，我不就是差了点知识吗？厂里有了新政策，每半年组织培训考试，我今天就开始好好学。"我妈说："其实也不怪你难过这么久，这厂刚建起来的时候你就去了，那几年起得比谁都早，走得比谁都晚，你唯一一次请假还是因为我得了阑尾炎。厂里是不能这么对你。"说完我妈也摸着我的头，说："都过去了，以后会好的。"我抬起头说："爸，我觉得你很厉害，那条马路真的很宽，就是飞机来了也能开。"我爸眼一红，说："以后爸出息了，就真带你坐飞机去。还有，厉害的其实是你妈，她比我更辛苦，也比我更坚强。你爸会动摇，会纠结，你妈不会，她永远坚定。"

那之后父亲在家的时候都捧着书，嘴里念念叨叨，把那些要考核的知识背了一遍又一遍。他有时也会嘀咕，说这些操作他做了有几千遍，非要按规定把它们一条条写下来，还一个字都不能错，简直是浪费时间。话虽这么说，他还是在认真背。我看着小小的笔被他握在手里，总觉得有种不协调感。每次我要睡觉的时候，都能看到门的缝隙里透着光，然后我就能听到打火机的声音，接着是母亲说话的声音，她说："不是不让你抽，要抽就出去抽。"我爸就发出嘿嘿的笑声，轻轻走出门。这时候我突然才意识到，父亲好像原本是不抽烟的，至少在我十岁之前，我没见他抽过。

后来我爸还真通过了考核，领导说再接再厉，过几年就能升上当初的那个位置。我就这么慢慢长大，到了我快十五岁的时候，家境也渐渐好了起来。那些迟到好几年的东西，比如那台电视机，终于被另一台电视机取代，虽然我一眼就能认出来那是邻居搬家时淘汰的旧电视，但它的信号很好，我终于能完整地看完一集动画。说起来那几年邻居搬家的有好几户，我听我妈跟他们聊天的时候，都说他们发达了，万元户早成了过去式，得乘个几才能形容他们，有的甚至能在后面加个零。几个阿姨也说起我爸，我妈说："他也挺好的，在厂里认真负责，是颓了一两年，但那跟他没关系。"说到换工作的事情，我妈跟我爸一样都认死理，说："干了半辈子，工作不仅仅是工作，都有感情了，是个集体。再说，人得负责，不能说走就走，现在哪儿还有年轻人肯来厂里？"那家超市这时候已经没了，换了一家综合型商场，更大得没边，四层楼够我跑几个小时了。我去过几次，里面的苹果放在角落，我偷摸看了好几眼，觉得它好像确实比外头的更大更红。

这一年我们隔壁市还有了机场，从此飞机不再是一个离我遥远的东西，如果开车过去，四十分钟就能到机场。我父母也开始计划起旅行，说要去一趟九寨沟，我爸说："今年顺利的话，年底能发分红，到时候我们就去九寨沟，顺便去看看咱们国家的国宝，看看大熊猫去。"

我真正去到九寨沟是我二十五岁时的事，十五岁那年我们一家没能去成九寨沟。

那一年父亲依然认真负责，他的工作没什么问题，问题出在那个我常常见到的叔叔身上。

三

我记不清那个叔叔的名字，只知道他姓郑。听说我爸能够振作起来，也不全是因为我生日那天的愿望，也多亏了郑叔的劝导和帮忙。在我的印象里，郑叔跟我爸也很像，我跟父亲是容貌像，他俩是气质像，站一起活像亲兄弟。郑叔跟我爸的经历差不多，高中没念完，就到厂里工作，一待就是几十年。两人身形也差不多，兴许是因为工作，两人在我眼里都很魁梧，手臂跟我腿一样粗，走起路来都带着风。十四岁那年，我突然发现郑叔的腿好像不是很利索，问题不是太大，就是走路没以前快了，有点一瘸一拐的。我问过我爸，他说厂里每年都有体育比赛，郑叔跑得好好的，摔了一跤。我说："人怎么会突然摔跤呢？"我爸说："他是累的，体育比赛有奖金，工作完都累得够呛，他还自个偷摸练习，当自己还是二十五岁。"我问："能好吗？"我爸说："去医院看过，好好休息应该能恢复得七七八八。"我又问："会影响工作吗？"我爸摊开手掌又紧紧握住，我看到他手上的皱纹像是山缝，他说："他活干得比我好，比我能吃苦，比我细致。"我也没再问什么，只是在郑叔来我家的时候，留心他的腿。我看他走路确实一次比一次好，到后来几乎看不出有什么问题，只不过他每次到我家的时候，不远的路都能让他累得满头大汗。

我十五岁那年的冬天，具体是十一月还是十二月，我已经记不真切。那天我爸到家的时候浑身泥，喝了两口水就对我妈说："我还得回厂里抗议去，可能一晚上都不回来，你有事就来厂里找我。"我妈问:"怎么了这是?"我爸说:"工厂突然要裁员,裁一半人,连个通知都没发。"我妈一愣,说:"这事我怎么一点都不知道?"又忙问:"名单里有你吗?"我爸说:"没,但有我郑哥。"我妈说:"那我跟你一起去。"我爸摇摇头,说:"现场太乱了,你在家照顾好洋洋。"我妈顿了顿,看了看我,说:"那行,有结果告诉我一声。"

后来我才知道,郑叔本来不应该被裁的,他是元老,业务能力强,对工作也没什么怨言。这几年厂里政策变了又变,郑叔一直积极跟着政策走,什么岔子都没出过。他之所以会出现在名单里,一半是因为他的腿,另一半是因为新来的厂长要建立威信,搞什么开源节流。

抗议进行到第三天,不知道从哪里来了一帮地痞流氓捣乱,好好的静坐抗议闹成一团。一半人怕惹事,先散回家,我爸和郑叔依然坚定地举着牌,坐在那儿。一个戴眼镜的人走到他们面前,给他们一人发了一根烟,说:"这事肯定会有交代,厂里正在出补偿协议。"郑叔说:"我不在乎那个钱,我在乎这个厂。"戴眼镜的人摇摇头,说:"这世道没有什么比钱更重要。"我爸说:"你让厂长出来。"他扶了扶眼镜,说:"厂长出差了,不在。"我爸瞪着他，说："那我就等他回来。"郑叔说："你给他打个电话，我就是要个说法。"那人说："我没有他电话。"我爸说："你是他秘书，能没他电话，谁信？"那人摊摊手，说："还真没有，我跟你们其实都一样，就是打工的。"

接着他蹲了下来，看了会儿郑叔的腿，又抬头说："我也觉得不该这样，可是你的腿……落下毛病了，对吧？"郑叔顿时脸涨得通红，一下站起身，大喊道："我的腿怎么了？你说，我的腿怎么了？"那人一脸为难的样子，说："你这腿适应不了工作强度啊。"郑叔拍拍自己的腿，吼道："还轮不到你说我不中用，我现在还能扛沙袋。"

说完郑叔就拿起一旁的沙袋，举起走了两圈，嘴里反反复复念叨，说："我还没老！"没想到话刚说完，腿却突然一软，整个人摔在地上。他不让任何人扶他，举起沙袋准备再走几步的时候，秘书已经转身走了，头都没回。郑叔坐到我爸身前，张开嘴想说话，可一时间没能说出任何话，再抬头的时候，两眼通红，呆滞地看着前方。他抹了抹脸，手上的泥沾在脸上，又沉默了半晌，才说："不应该啊，我的腿这几天都好好的，不应该啊。"

我妈几经打听，终于找到我爸的时候，他正被关在一个小房间里，整个人看起来像是刚从下水道里出来似的，浑身污泥。我爸看到我妈，刚想说话，又看到了跟在我妈身后的我，他拿袖子擦了擦脸，又整理整理头发，对我笑着说："没事，真没事，来，爸抱抱。"

那时候我觉得父亲像是一个陌生人，竟然没有第一时间走过去。那一瞬间，父亲的笑僵在了脸上。等我回过神来赶紧冲到他身边抱住他的时候，发现他好像一下子瘦了好几圈。我看到本应该贴在他后背的衣服，突然空落落的，风能从里面灌进去。

我爸见完我和我妈，走在回家的路上一直心不在焉。我妈问："郑哥他怎么样了？"我爸咬着后槽牙说："狗日的，厂里让我们签了个不再闹事的协议，我本来不想签，可几天都没能吃饭，也怎么都联系不上你们。我看他们的架势，什么丧心病狂的事都做得出来……"我听出我爸的自责，听出了他的绝望，听出了他的身体对他的背叛，听出了他的担心。我爸接着说："如果我也不干了，你会怎么想？"

我妈说："现在的这个厂已经不是咱俩当年热爱的那个厂了，想走就走吧，我也准备走。"顿了顿又说："咱家还有存款，够活几个月，大不了我们从头再来。"

　　我也说："爸、妈，你们想做什么就做什么。"

　　我爸说："看不了大熊猫了，你会难过吗？"

　　我抬头看了眼我爸，说："爸，我觉得你现在就挺像大熊猫的，身上脸上都黑了好几圈。"

　　我爸笑了一声，我猜在那一瞬间我真的逗乐了我爸，可这笑容转瞬即逝，接着他没再说话。这时太阳即将落入远山，天边的黑暗正蔓延开来。

　　郑叔后来到我家拜访了好几次，带着我郑姨，来的时候都带着礼，说，这些都不贵重。我爸死活不收，我郑叔就扭头要走。我爸拉住郑叔，郑叔说："你不收我就不认你这个兄弟。"我爸才接过来，走到里屋千叮咛万嘱咐让我妈找机会还回去。那时候他俩坐在门口抽烟，我妈和郑姨在里头说话，我做完作业就在门口远处的台阶上坐着，我不敢听他们说什么，也不敢回头看他们。因为郑叔在那之后就老了，很快地老了，头发一夜之间掉了很多，脑后秃了一块，剩下的头发也开始变白，只有脸上的胡子还倔强地黑着，茁壮地长着。我爸也老了，但老得没有郑叔那么快，两人眼里的东西很类似，具体是什么我却说不上来。郑叔的腿彻底瘸了，走的时候需要妻子搀扶，一瘸一拐走得很慢很慢，天快黑的时候他们走在回家的路上，两人的影子在后面跟着，也一起摇摇晃晃。

两个月后，我爸找了份看门的工作，在一个事业单位的门口待着。其实工作还算轻松，小镇里的人也都知道是怎么回事，见到我爸的时候都会安慰几句。我爸对这份工作也没什么怨言，毕竟这也是别人好心给说的情，他只是觉得难过。有时候放学回家，我会路过他那儿，看着他对自己的双手发呆，看着他不停地把手捏成拳头又把拳头松开。那时候我十六岁，上高一，懂了点事，知道父亲在难过什么，他在难过自己的力气没有地方使。他在家没事的时候，就会做一些手工，自己打一些柜子，也不为了什么，就为了让自己有点事情干。

有一天周末，我还没起床，就听到门外"哐当"一声，接着传来一声喊。我从床上蹦起来，走出房门才发现我爸是想提起刚打好的柜子，却怎么也提不起来，他的手被压了一下，黝黑的手背上出现了一道扎眼的红色。我赶忙过去想要帮忙，父亲却不让我插手，愤怒地说："你就待在那儿，我还有的是力气。"

我站在一旁不知所措，只能看着父亲一次次地想要扶起自己亲手做好的柜子，这个比他人还高不少，没地方能放的柜子。我看到他终于把柜子扶起来的时候，满头是汗，像耕完地的老牛一般气喘吁吁。

我听到他对自己说："你这些年的力气呢？都没了吗？"

我一瞬间流下了泪，又赶忙背过身，我觉得背后是死一般的沉默，再转过身的时候，我爸走到了门口。我坐到他身边，他没看我，只是自顾自地问："人怎么可以老得这么快呢？"

我不知道应该说什么，过了许久，他看向我，说："你会不会怪我？"

我摇摇头，说："我觉得你没做错任何事。"

我爸喃喃地说："是吗？那为什么我们的生活会错成这样呢？到底是一步走错，还是每步都错了呢？"

我说："我觉得我们的生活挺好的，真的。"

我爸说："你看看这条街，人都快搬没了。"

我没说话，两人一起看着这条街，太阳渐渐收起光线时，我爸站起身来，说："陪我去看看你郑叔吧。"

郑叔变得很瘦，他的脸，几乎瘦成了皮包骨，眼睛凸出来一块。他的背弓了起来，不再像以前一样，挺得笔直。我们到他家的时候，他刚收拾完自己的院子，孤独地站在那里。他对我爸说："我准备种地，种点菜。"我爸点点头，说："也好。"郑叔说："下次送点去你家。"我爸说："下次我帮你去菜市场卖。"郑叔抬头看了眼天，说："这冬天也真够长的，希望春天赶紧来，种子能早点发芽。"

在那以后，我又没办法经常看到我爸了。他的工作需要他三班倒，有时候我刚起，他才能睡下；有时候我刚到家，他又得出门上班去了。我知道他其实没多喜欢这份工作，但他从没迟到早退过一天，对排班也没表示任何怨言。

我十八岁那年，郑叔死了。

我爸没有单独在我面前表现出什么，但我知道他心里比谁都难过。因为第二天我爸就跟我妈商量要搬家，那时候我高三，成绩不错，应该能考到外地的大学，我爸就说他住回老家去。我妈点头说："好，我也觉得是到了该走的时候，我看看咱这房子还能不能卖点钱，但要搬家，还是得等孩子高考完。"我爸看了看我，说："这肯定。"

说完他用力拍了拍我的背。

四

我高考完的第三天，新闻播报说有雨，天却很闷，很热，太阳晒在地上，仿佛水蒸气都能从水泥地里蒸发。我在家对数学答案，突然听到外边一阵骚动。走出门的时候，我发现人群都在往同一个地方跑，他们跑得很快，像是百米跑最后的冲刺。我顺着人群的方向看，看到了滚滚黑烟正铺天盖地地冲向半空。我跑到一个路口的时候，正撞见我爸，他跟我对视一眼，我们这时候都已经意识到了是怎么回事，迅速朝着熟悉的方向跑过去。跑到还有一百米的时候，我们看到了在热浪里燃烧的工厂，钢筋在热浪里变形，混凝土的颜色变得一片漆黑，火还在烧着，火星子不停地向上吐，一点点落在我们前方。消防车正竭尽全力灭火，我听到几声巨响，熟悉的车间轰然倒下，这时候一辆车停了下来，走下来的是那个厂长。说来奇妙，一直到我爸离职，我爸都没能见到这个新厂长，厂长的模样我们都是在本地的电视新闻里才看到的，此时他就站在我身前，我才发现这个厂长比我想象的更矮一些，他木然地看着眼前的一切，走到一边，抽起烟，开始打电话。我爸看了他一眼，没说话，回过头就想往火海里冲，几个人拦住他，我爸喊："那可是我们工作几十年的工厂，不能这么一把火烧没了。"我爸又喊："万一里面还有人呢？万一里面还有工人没逃出来呢？"这时候一个工友认出了我爸，说："我们都第一时间逃出来了，起火的时候我们都在食堂吃饭，离起火点很远，而且有人发现得早，喊了一句，刚有火星子的时候我们就逃出来了，老天保佑，老天保佑。"

那个厂长在我爸身后啐了口唾沫，说："保佑个屁，我的损失谁来负责？"

所有人都没再说话，我也没说，我看着眼前的大火，觉得一切都不真实。这时候是下午三四点，天却变得很黑，就在大火几乎燃尽一切的时候，一场大雨突然落了下来，雨水落在地上，落在我们身上，也落在那场火里。越来越多的雨滴落下，大火在无声无息中熄灭，熟悉的工厂只留下一堆黑色的骨架，只有黑烟还在继续往上冒，风把黑烟带来的时候把我呛得直流眼泪。大多数人很快就散了，但工友们都没散，我爸也站在他们身边，这时候我妈也来了，带着伞帮我和我爸撑着，轻声跟我爸说了句话。厂长打完电话，坐上车离开的时候，他们依然一动不动看着前方，我望着他们的背影，觉得他们像是变成了雕塑。后来他们默契地向着另一个方向走，走了很久我才意识到他们是要去墓地。我跟着走到墓地门口的时候，发现郑姨就站在那儿，一动不动，就站在雨里。我看到她似乎是在微笑，揉了揉眼睛，却又发现她面容像大海一般平静。

那天我爸去喝了酒，回家的时候带着满身的酒气。我说："怎么想到今天去喝酒？"我爸说："一个人喝酒只有两个原因：要么太难过，要么太高兴。"我看着我爸，想问问为什么工厂会突然着火，但最后还是什么都没问，他脸上的表情，好像是难过，又好像是高兴。

过了几天，我们张罗着要搬家，一家子忙前忙后，没人注意到门口放了几篮子菜。我把菜拿起来，我爸像是想起什么似的，拉着我，说搬走前还有最后一件事情要做。我以为是要去郑叔家，没想到他绕了几个弯，走到了他看门的事业单位。他说："来这里有两件事，一个是尽礼数，毕竟我是因为自己的事情提的辞职，单位领导对我都很好，也该来打个招呼；第二个是要来见一个人。"我问："是来见谁？"我爸说："你见到他的时候就知道了。"

那天我先是跟着我爸见了好几个人，但我猜这些人都是单位里的领导，又或者是同事，不是我爸特地来见的那个人。他们看到我，都说我跟我爸像，越长大越像。我点点头，看着我爸跟他们说话，说的都是以后常见面之类的，然后我爸看着我说："其实很多人见完了就不会再见了，很多面都是最后一面。"我说："我们以后就不回来了吗？"我爸说："回，但也一样见不着。"我又问："那你今天特地要见的那个人到底是谁？"我爸说："现在我们就去见他，你看，他来了。"

我顺着声音转过身，看到有个看着只比我大一些的年轻人走了过来。他的穿着看着眼熟，我总觉得这身衣服在哪里见过，等他走近一点，我突然认出他来了。他的模样简直和他爸一模一样，身形像，眼睛像，最像的是胡子，但也有一点不像，他看着比郑叔白，比郑叔干净。我突然意识到，我跟我爸的区别，好像也是这样。他看到我爸，就立刻走了过来，问："徐叔，您怎么来了？搬家的事忙得怎么样了？"我爸说："差不多了，明天就走。"他说："那我明天去送送你们。"我爸摆摆手，说："你刚调回来，工作重要，我来这儿主要是你姨让来的，她想让我告诉你，我们家里的电视机没拿，那玩意太重，我们也不好搬。床也留在那儿，一样，太沉，根本拿不走。还有，这两天不是一直下雨吗？你阿姨洗的床单被子都没干，晾在那儿估计明天也干不了。"他说："叔，我用不上这些。"我爸说："没说给你，就是我跟你阿姨拿不走，你帮忙处理处理，说起来累的人还是你。"他没再说话，握了握我爸的手，又轻轻拍了拍我的肩膀，对我爸说："一看就知道是你儿子。"又对我说："这就是你爸。"

我说："对，这就是我爸。"

我爸说："有机会我和你姨再回来看你，这是我们的地址，你有空也来看看我们。"

他接下字条，用力眨了眨眼睛，又用力点了点头。

我们搬走的那天，天很晴，尽管我爸妈没跟别人说什么时候要走，可一大早家里就来了一拨又一拨人。有人是来送我爸的，有人是来送我妈的，还有几个年轻人一直看着我，似乎是想跟我说什么，但又没说。我们本来是中午就要走的，可一直耽搁到天快黑。太阳西下的时候，我们终于把要搬走的东西都搬上了车，父亲的身体已经扛不动那些东西了，是他的朋友一起帮忙搬的，几个人配合很默契。我走在最后，在家里走了几圈，看着熟悉的墙，看着墙上被小时候的我划的印子，又走到电视机旁，瞥见那个金属盒子也没拿。母亲走到我身边，我想提醒我妈，但我妈冲我笑着摇了摇头，接着叫我上车，父亲在车外跟朋友们说着话。等说完话父亲上车的时候，他看着我和我妈笑了，又一把搂住我，摇下车窗，跟大家说再见。我已经是十八岁的人了，被他这么搂着觉得很尴尬，可下一秒我觉得脸颊的触感很熟悉，突然想起来我小时候父亲总拿他的下巴蹭我。我抬头想看看父亲，只能看到他的后脑勺，头发几乎全白了。我扭头看向母亲，发现母亲头上也多了好几根白发。我蓦然想起小时候我妈让我帮她拔白头发的情形，那时候白头发像是跟我玩捉迷藏，怎么也找不到几根。我知道时间过得很快，可那一瞬间还是觉得恍惚，不明白为什么明明我自己觉得成长的速度挺快，却还是跟不上他们老去的速度。接着我伸出头，也跟所有人说再见，这时候我看到路口站着我郑姨，还有那个我见到的年轻人。其实我挺纳闷为什么之前在镇上没有见过他，但现在也找不到答案了。车路过他们的时候，我突然发现他们穿得都很正式，尤其是郑叔的儿子，穿着西装外套，打着领带。我记得他工作的单位，是不需要这么穿的。

父亲又摇下车窗，跟他们挥了挥手，大声说："走了。"

七年后的春节，我决定带着父母去旅行。机场在隔壁的城市，去那里得开四十分钟的车。从我家到机场，有一条必经的马路，那条马路当初建了好几年，建好的时候人们说，这条马路宽敞到可以当飞机的跑道。现在四条车道上都挤满了车，父亲说："以前还真是没想到这条马路现在居然会这么挤。"又看了看我，说："以前也没想到去九寨沟得靠你这小子。"

接着父亲又问："坐飞机有什么注意事项吗？"我说："没有，你俩跟着我就行，保证一路畅通无阻。"他哈哈大笑，冲母亲说："还真是不服老不行，以前都是他跟着我们，现在是我们跟着他了。"母亲说："你可以服老，我可不服。"说完也跟着一起笑。

　　在去九寨沟之前，我们先去了一趟熊猫基地。去之前我听说大熊猫都不爱动，去看它们的时候，它们很可能不是在睡觉，就是在啃竹子。没想到我们去的那天，大熊猫都在活动区里又跑又闹，有一只大熊猫看到了站在玻璃窗外的我们，还伸出手掌，似乎是在跟我们打招呼。我在心里说："国宝你好，站在你面前的，是我爸我妈，你肯定不认识他们。但是在我心中，他们跟你一样，也是国宝。"

漫长的旅途

没事，

日子还得接着过，

我们还要接着活。

一

我与李响相识一场，所以每每回到故乡，总想着见他一面。见他的时候总下着雨，想来是因为我总挑着下雨的日子见他。日子总是我挑的，具体地点总是由他决定，上次见他，看到一只黄鹂停在他身上，我一伸手，那鸟儿竟然飞到我手掌上。

"你看到没？"我说，"这鸟该不会是你变出来的吧？"

他不说话。没关系，我知道他一向不爱说话，最开始认识的时候就是这样。

"疫情放开了，"我接着说，"感觉过去三年像一场梦，世界都乱了套了，我在北京隔离了很久，过年也没能回来。"我替自己辩解，所以继续说："你看，不是我薄情寡义，而是真回不来。"

他不说话。没关系，我知道他应该不会怪我。

我掏出手机，左滑右滑，找到一些截图，说："你看，不光我记得你，挺多人都记得你的。"

他像是不信，依然闷不作声。

我说："知道你不能喝酒，所以带了你最爱的牛奶。"

我把牛奶放在地上，又放下一束花，接着站起身，说："我一会儿去看看你妈。你放心，现在镇里有人照看着，她过得很好。"

先前停在我手里的黄鹂绕了一圈飞回到他身上，叫了一声，又飞走了。

我向他告别："那我走了，下次再来看你。"

雨还在下，跟去年一样，跟前年一样，跟许多年前都一样。

那是八年前的事了，二○一五年，李响死了，他在一场大火里救了一个婴儿，自己和孩子的父母都没能出来。

我与他相识一场，所以每每回到故乡，总想着见他一面。

我总觉得他没死，只是时间停在他身上，因为死，他还活着。因为我活着，所以他还活着。

走在回家的路上，我觉得心里一阵难受，雨下个不停，云越积越多，我在泥泞里越走越深，像是被吞进了鲸鱼肚子里，整个人昏昏沉沉。

因为就在刚才的短短几句话里，我像往常一样，说了两个谎。

二

我的故乡总是下雨，有时连绵半个月都下个不停，有时明明上一秒还是艳阳天，下一秒就下起雷阵雨。但小孩子总是容易快乐，哪怕是看到突如其来的雷阵雨也觉得新奇，天际划过一道闪电，还会在心里数着秒，等雷声传来。我刚念小学四年级的时候，听老师讲，光速快过声速，所以雷声总比闪电慢几秒。

那天我站在教室外头的栏杆边，等着雷声准点传来，可偏偏闪电出现后好几秒，迟迟没有雷声。站在我身边的李响说："这老师教得也不对啊。"我说："兴许是雨声太大我们没能听见呢？"他不屑地说："我观察好几次了，不是每次闪电后都有雷声的。"

我说："这是科学，真理，老师说的就是真理。"

他说："老师说的也不一定都对啊。"

我说："老师说的肯定都对，再说这是大家公认的，能有错吗？"

事实证明，光速快过声速就是铁一般的真理，只不过现实情况里的雷声比我们学过的更复杂。所有的事情都比我们看到的更复杂，但我很久以后才明白这个道理。那天我没有跟他说很多话，这段对话现在回想起来，也更像是他的不满。两个小孩子能辩驳出什么真理？我只是相信老师和大多数人都认可的话一定是真理，而他不信，仅此而已。

我没有跟他再说些什么，除了这段对话毫无意义，还有一个原因：老师让我们都少跟他混在一起，因为他是我们班里最调皮捣蛋的同学。

那时候的我还不知道，未来的命运会跟他产生很多交集。

为了考上市区的中学，升上五年级之后，我们小学开始分班。具体是怎么分的，那时我太小，也不明白其中的逻辑。老实说我也不在乎，一班二班都一样，能不能考上市区的中学也都一样。只是大部分的家长显然都意识到了好中学的重要性，想方设法让自己的孩子分进一班。也不知道是不是凑巧，刚宣布完分班的消息，老师就决定在周末开个辅导班，说不是强制的，想上就来报名。

听说最初的辅导班只有几个同学，后来半个班的同学都去了。一天晚上，父亲带我去老师家，拎着大包小包的东西，我不理解这些东西的用途，总之结果是，我在某一个周六也被带去了老师的辅导班。刚开始我还嚷嚷着不去，一到那里看到熟悉的朋友，倒也不反抗了。

这里面自然没有李响，让我诧异的是，刘少强居然在。

当时，刘少强也是我们班里的反面典型，上课玩闹，迟到早退，揪前桌女同学的马尾辫。因为跟李响看过同一部电影，他们俩扮演起电影里的英雄角色，开始讲江湖义气。按年龄排辈，李响叫刘少强大哥，还收了隔壁班一个叫周小黄的三弟。虽说按照年龄，周小黄年纪最大，但当时他个子很矮，几乎是全校最矮的男生，所以只能当三弟。

三人聚在一起以兄弟相称。

奇怪的是，自从上了辅导班，他们的铁三角就此散了，我再也没见过他们聚在一起。有一天有同学按捺不住，好奇地问："你们在学校里为什么不聚在一起了？不是兄弟吗？"

刘少强说："我能跟他们俩一样吗？我爸上个月调去市里工作了。我可是要去市里的。"

去市里为什么就不一样了这件事，我当然不明白，不过来辅导班几天，听同学们的说法，我也开始觉得，无论怎么样，市区肯定比这个小镇好玩多了。我猜周小黄也是因为类似的想法，没多久就加入了我们的辅导班。两人又聚在一起，周小黄天天跟在刘少强后头，两人下了辅导班，就跑到旁边的小卖部，乐呵呵地吃五毛钱的里脊肉串。

就在那天，李响也在，三人在小卖部门口相遇。李响很明显向他们靠近了一步，刘少强也看到了他，接着大声说："阿姨，给我来三根里脊肉串。"说完从口袋里掏出一块五。李响兴高采烈，伸手想接，却只看到刘少强一把拿过三根肉串，两根往嘴里塞，一根分给周小黄。他顿时愣在原地，什么话都没能说出口。

我想那是幼小的我第一次看到一个人的笑容被冻僵在脸上的情形，那感觉像是只有他周围的温度陡然下降，刹那间冻住了他，而其他人完全感觉不到。

下周的辅导课上到一半，我们突然看见李响妈来找老师。

一年前我在家长会上见过李响妈，这次再见，我诧异仅仅是过去一年，一个人的容貌竟然可以发生天翻地覆的改变。一年前李响妈的头发还是黑发，现在几乎全白了，乍一看简直不像是阿姨这个年纪的人该有的头发，反倒像是奶奶辈的人了；她脸上青一块黄一块，面颊凹陷，像是气球漏了气，又被人捏成一团，所以才如此皱皱巴巴；最让人害怕的是她的眼睛，那眼神里毫无光彩，木然地一动不动，只怔怔地向前看。这是只有哭干了泪的人才会拥有的眼睛，就好像能看到的一切对她来说都没有任何生机可言。

老师让我们先自主学习，转身出了门。刘少强第一时间趴到了窗边，我们也跟着趴了过去。我们谁也不知道他们在说什么，只看到李响妈把手里的鸡蛋递给老师，老师不收，她又从口袋里掏出个褪色的旧红手帕，哆哆嗦嗦地翻出五十块钱来。

老师犹犹豫豫，想接又不想接，最后好歹还是收了下来。

我说："看来李响下周要来辅导班了。"

周小黄说："可我们班不是已经满人了吗？老师都说不收了。"

刘少强说："李响不会来的，我爸说了，能去市区上初中的名额是有限的。"

突然班里有个同学"哇"了一声，说："他该不会替了我吧？我妈可没给五十块钱。"

周小黄一听也脸色蜡黄，冲刘少强小声说："我爸也没给那么多学费。"

就在我们窃窃私语的时候，老师进来了，刘少强问："老师，我爸说能上初中的名额是有限的，对吗？"老师皱起眉，说："谁跟你说有名额限制的，就算有限制，也是由你们的考试成绩决定的。你们好好学，小学毕业考试好好考，成绩好的就能去。"接着大声呵斥："刚才的题做了吗？好好学！"

尽管老师这么说，我们依然下意识地觉得老师说得不对，他的话突然不再是真理，刚才李响妈的举动深深地刻在了我们脑海里，所以现在个个都开始心慌，生怕李响真替了自己的名额。下课了周小黄缠着刘少强不知道在说些什么，我只知道下一周发生的事。

那天我刚走到街口，还没走到辅导班，就看到熟悉的面孔挤成一团。我还想着同学们怎么不着急去上课，就看到周小黄和李响打成一团，随即我听到李响的怒吼，他说："你知不知道我妈把家里的狗都卖了，那是从小到大一直养在家里的狗！"我又听到刘少强的声音，他说："你为什么非要上辅导班？"李响沉默了一会儿，声音也变得很轻，听起来简直不像他的声音，他说："我们三个不是兄弟吗？"刘少强说："谁要跟你做兄弟？"又一阵沉默，我们谁都没再说话，李响也没了动静，等我们刚想散的时候，一个石头从我们头顶飞了过去，差点砸中刘少强。

李响慌慌张张地跑过来，支支吾吾地说："我不是故意的，也没想真砸谁。我就觉得咱们原来关系那么好……"

后面的话我没听到，因为刘少强的声音盖过了他的声音。

"我跟小偷的儿子关系怎么可能会好！那都是我不知道的时候跟你闹着玩的。"

"住嘴！"人群中有人大喊了一句，说话的是老师。

不知道他什么时候到的，他责问刘少强："你听谁说的？这种事不能胡说。"

刘少强说："你们大人不是都知道吗？"

老师又呵斥一句："别胡说！"然后又看了眼李响，回头跟我们说："都迟到十分钟了你们不知道吗？还不给我进去，还要让老师出来找你们！"

我也回头看了眼李响。

在他脸上我看到了最复杂的表情，既有惊讶和困惑，又有愤怒，心有不甘的同时还掺杂着对老师的感激。我猜想他是第一次知道他父亲是贼这件事，也疑惑平日里那个不怎么喜欢他的老师居然会维护他。等我们走远的时候，他突然大声喊了句："我爸才不是小偷！"

三

我就不再说后来几天具体发生的事了，时间让我的记忆变得模糊不清，真要说具体发生了什么，只怕自己也说不清。回家后我问过父亲，父亲先是呵斥，问我从哪里听来的，又说他爸其实是个好人；我也问过母亲，母亲叹了口气，让我好好学习，有些事知道了也没用。我也不记得李响是什么时候变成口吃的了，那时候他说话开始变得磕磕巴巴，连上课念课文都做不到。或许他也不是真的口吃，只不过在发现没多少人愿意听他的申辩之后，就不想再跟人说话了。但我永远忘不了初二那年夏天的那场葬礼。

那年夏天，小镇一夜之间好像经历了天翻地覆的改变。先是小镇的西边开始规划改建，说要把门口的那座小山改成旅游景点，我不明白一座小山坡怎么能变成旅游景点，只知道我去小山附近玩的时候，山脚下的房子都被拆得差不多了。那年我十四岁，说到拆迁也大概明白个中意思，知道对被拆迁的家庭来说，这也不算坏事，甚至有人会因此兴高采烈，但我还是觉得难受，毕竟那也是我的童年记忆。怎么说呢，那感觉就像是即便我往后还能经常回到这个地方，也再找不到曾经的熟悉感了。我生活了这么多年的小镇，居然一下子变得陌生了。

我见到了刘少强，也见到了周小黄，他们也一同变得陌生，不仅是容貌变得陌生，也不仅是穿着打扮变得陌生，是他们整个人都变得陌生了。尤其是我跟他们打招呼的时候，他们的语气让我觉得仿佛我们从未认识过。他们之间的关系好像也变了，但我说不出是哪里变了。因为没有什么共同语言，我们在那个夏天余下的时间里就没再见过。只知道他们好似要逃离这个小镇一般，假期还有三周结束，他们就离开了小镇。

我本来也该在假期结束前一周走的，可父亲说要带我参加一场葬礼。

"还是去吧，"我听到他跟母亲说，"我跟他也相识一场，知道他其实不是个坏人。"

那天下着雨，我不再是那个看到下雨会欣喜的孩子，只觉得浑身湿答答的，不好受。那场葬礼也让我觉得凄凉，以致我一开始在心底怨恨父亲，怨恨他为什么要带我来这个只有冷空气的场合。来吊唁的亲朋寥寥无几，连唢呐声都显得敷衍，我看到李响妈站在灵堂，跟来往的人握手说话。她又苍老了很多，一手拄着拐，看着像是根本站不住。我跟着父亲走到她身边，听到父亲说："节哀。"她说："谢谢你来。"父亲摆摆手，说："我该来的，以前都在一个工厂，我知道他人不坏，当年他说要去省城给你娘儿俩赚钱的表情我还记得。"李响妈说："以前的事就别说了。"我父亲说："他不是会去偷钱的人，我知道他是因为没有拿到工地的钱，才……"

李响妈眼圈瞬间一红，眼神里含着悲愤和感激，浑身一颤，竟跪了下来。

父亲赶紧拉住她，说："嫂子，你好好的。"李响妈半晌才说出一句："好不了了，我这辈子就这样了。"父亲说："想想孩子，想想李响。"李响妈说："我知道的，我是不想活，但我不会死的。我知道的，这道理我都知道的……"

我哆哆嗦嗦地站在一边，他们说的话我听一半忘一半，只想早点回家。许多年后，我才知道李响爸是怎么死的，是活生生累死的。虽说情有可原，可他到底是半夜翻了人办公室，跟工友偷了钱；虽说偷出的钱分一分，还抵不了他们一年的薪水；虽说工友说要砸办公室的时候，他还拦了拦。虽然没闹到法院，可李响爸被抓了个现行，工钱没拿回来不说，还把不多的积蓄都赔了出去。这件事闹得很大，闹到了我们小镇，却省去了前因后果，只说他被送到了派出所，是人老板手下留情没追究。李响爸在工地也再找不到长期的工作，几个老板沆瀣一气，都知道这件事，于是李响爸只能每天早上五点起床找短工，碰运气，能做什么做什么，有时候接连几天都找不到短工，吃了上顿没下顿。查出胃溃疡之后，拖着一直没治，后来有天他蹲着砌墙蹲了半天，站起来的时候一口气没跟着上来，送到医院的时候已经来不及了。

那天我见到李响了，他就站在灵堂的另一边，不跟任何人说话。

我父亲跟他说话的时候，他也不答，他看向我父亲的眼神，就像在看某种陌生的东西；我父亲向他伸过去的手，在他看来就像是不存在一般。

因为下着雨，送葬的队伍走得很慢。我跟在父亲后头，问到底什么时候能回家。父亲说："再等一等，好歹一路送到殡仪馆。"我觉得百无聊赖，只能东张西望，突然听到一声狗吠，吓得直哆嗦。我小时候贪玩，逗过邻居家的狗，哪知道它一下从院里跳了出来，追了我几条街。从此我觉得狗就是我的天敌，这世间没有什么比狗更可怕的生物。果不其然，狗吠声离我们越来越近，不多久一只大黄狗就出现在我眼前，我下意识抓紧了父亲的衣服。但它径直超过了我，直向队伍的前方走去，走到棺椁旁却突然站住了，蓦然发出一声哀嚎。我这才看清这只大黄狗竟瘦骨嶙峋，又脏又老，在棺椁旁嚎了一声，又闻了闻棺椁，闻了闻李响妈，闻了闻李响，接着像是要用尽自己最后的力气，吼叫起来。这下连抬棺人都吓了一跳，手一松，棺椁的一头掉在地上，椁盖竟滑落在地上。这时我分明看到一只手从棺椁里掉了出来，恍惚间觉得世界天旋地转，只见那只苍白的手上布满皱纹，无力地垂在地上，因为惯性摆了摆，像是在挥手。我倒吸一口凉气，死死抓住父亲的背，父亲说："没事没事，别怕，手掉了出来，只是手掉了出来。"父亲的语气也不似平日般淡定，但有他在，多少让我镇定了下来。等我再鼓起勇气向前看的时候，那只大黄狗停止了嚎叫，乖巧地坐在一旁。棺椁被重新抬起来时，我听见李响喊了句："爸！大黄也来送你了！爸！你要是想我了，就给我托个梦！"

送葬队伍重新出发，老黄狗坐在一边一动不动，我走过很久以后回头看，它还坐在那儿。雨打在它身上，一直没停。

我也记得那天下午后来的事。

就在我们准备离开小镇的时候，李响突然出现在我家门口，冲我父亲鞠了一躬，从身后拿出一篮子鸡蛋和一篮子菜。他没撑伞，雨水打在他脸上，从他下颚淌下来，但我能看得出，他脸上其实还有泪。

我不知道该不该跟这个老同学说话。

他开口说了那天的最后一句。

"叔，我听我妈说了，我爸有你这个朋友，就不算白来一趟，谢谢叔！"

四

后来我竟然和周小黄上了同一所高中。初见他时我简直没能认出他来，因为他个头长高不少，居然一下成了全校个头最高的几个人之一。几所学校联合举办运动会的时候，我看过他打的一场篮球比赛，之所以会专门去看这场比赛，倒不是因为他已经成了学校的风云人物，而是恰好他跟刘少强比。实话说，周小黄的篮球技术绝对过关，突破上篮三分背打各项精通，许多人都不由自主地为他欢呼。刘少强似乎一下暗淡了，因为他压根就没能上场。也不知道是不是我的错觉，我总觉得周小黄在进球后，总是有意无意地看向刘少强。

那场比赛结束后，我看到他俩在一起说话，想着毕竟是老同学，就走过去打了个招呼。但不巧，他们似乎在吵架，一看到我，也不再说话了。还没等我再开口，周小黄突然搭住我的肩，说："我们去吃饭，走。"

我不明白他为什么要表现出跟我很亲昵的样子，明明我们开学这三个月连一句话都没说过，回头看，刘少强已经不见了。

吃饭时我问："刘少强怎么没考上这里？"

周小黄说："还能为什么，不就是成绩不行吗？家里也没关系呗。"

我说："不对啊，他爸不是在市区工作吗？"

他说："就一个小单位，算个屁。"

我转念一想，问："你爸妈现在在做什么？"

周小黄嘿嘿一笑，说："你不用知道，反正不错。"

自此周小黄彻底成了同届里的焦点，连我也莫名其妙地沾了光。就因为那次球赛后他找我去食堂吃了饭，而不是他的队友。我知道我根本入不了他的眼，对成为什么风光的人物也确实没兴趣，反倒觉得别扭，总觉得像是获得了什么我不该获得的东西似的。最让我困扰的是，不久后他喜欢上了我们班一个女孩，三天两头地以我为突破口，似乎是想借我的口帮他炫耀家境似的。他一边让我记住他家现在的权势，记住什么亲戚在北京，做什么大官，又说什么他将来要出国，嘴里时不时冒出几个英语单词。我没有帮他转告，因为我实在记不住这些离我太过遥远的东西，也没有兴趣去记住。

一个月后我再次见到他的时候，他的身旁站着邻校的一个女生，他也没有再找过我。

直到我高三毕业，他和邻校的那个女生依然混在一起。

也是直到那个夏天我才知道，那个女生叫念念，成绩很不错，兴许能考到北京去。

有一天她突然找到我，问："你跟周小黄是不是很熟悉？"

我说："只是小学同学，后来高中又考到一起，算不上很熟悉。"

她又问："你能不能帮我找到他？"

我皱起眉，说："你都找不到，我怎么可能找得到？"

她看起来半是疑惑半是担忧，问："毕业后我就找不到他了，你知道谁能找到他吗？"

我说："不知道，你找不到他可能是因为他要出国了，他之前说过。"

这下念念傻眼了，她张大了嘴，喃喃自语："出国？他从来没说过啊。"

我不想掺和他们的事，转身想走，念念突然问："你应该也认识刘少强吧？"

我愣了一下，回过头，说："也是小学同学，对了，他俩关系应该不错，你让他找周小黄应该能找到。"

念念说："那他们毕业之前打了一架，你知道吗？"我摇摇头，说："我跟他们没什么联系。"念念咬着嘴唇，犹豫了一会儿突然说："那个，刘少强一直都很喜欢我，你说有没有可能是因为他们有过节，所以……所以……所以周小黄才选了我……我真的不知道他们之间发生过什么，我是真的很喜欢周小黄，喜欢他这个人。"说到这里，念念不说话了，可能她一时间也想不明白自己到底在说什么，又为什么要对我说。

最后她红着脸，对我说了句"你就当什么都没听见"，转身就走了。

五年后，二〇一三年，我突然在手机的推送消息里看到一个熟悉的名字。推送来自刚上线不久的微信公众号，我都不知道是什么时候关注的公众号发了几条新闻，他的名字出现在第四条一个不起眼的角落里，他和父母在香港被抓获，被捕理由是诈骗。

我突然想起，那年夏天小镇拆迁，他家正是最早被拆的那一批。

可是为什么最后又走向诈骗呢？兴许是那笔钱给了他们最初的虚荣，又或者是，那笔钱成了他们诈骗的起点。不过无论我怎么猜想都无济于事，我与周小黄早就失去了联系。

刘少强这时候在我们的小学群里发了一个新闻链接，我没有点开，直接退出微信，打开音乐软件，随机放了首歌。

五

我和李响自初二那年夏天一别，再次见面的时候，已经是大二那年的夏天了。

小镇的那座小山还真变成了旅游景点，那块被拆迁的地变成了大型停车场。我走在故乡的路上，感到的陌生感更甚以前。我很早就感觉小镇变得陌生，但那时候多多少少总还能找到过去的痕迹。可就在我远离故乡的短短两年，故乡也飞速地远离了我。小学不知道在哪一年被拆了，那里成了一片空地，没有任何东西能表明这块荒地曾经是学校。小卖部自然也早就不见，就连曾经的那条街道也改建了。

就在失望地走回家的时候，我迎面撞见了李响。说不清为什么，一见他我就觉得熟悉，明明他的模样早就改变了不少。他远比从前壮硕，眼神也远比从前坚毅，整个人肉眼可见地大了一圈，倒显得他的衣服像是小了一号似的，衣服裤子都短了一截。他一见到我，也迅速认出了我，问："你什么时候回来的？"

我说："刚回来不久。"他忙问："程叔叔呢，今天也回来了吗？"我说："我爸在老家给爷爷奶奶做饭呢。"他说："那我得赶紧给你家送点菜去。"我赶紧说："没事，别忙了，我爸妈都是带着菜回来的。"说完我又问："阿姨呢？身体还好吗？"他回答说："我妈身体还好。"又说："咱们得有多少年没见了？"我算了算，说："得有五六年了。"他说："不知道你爸告诉你没有，这两年我还去拜访过叔叔阿姨，可惜那时你不在。"

我有些惊讶，问："你还去拜访我爸妈了？"

他说："当然了，其实以前我就想着得每年拜访叔叔阿姨一次，也看看你，只是你们搬走的时候，我没来得及问你们要地址，后来找到你家的时候，你都已经去外地上学了，不在家。"

我不知道该说什么，只好问："那你现在在哪儿上大学？"

他稍稍沉默了会儿，说："我爸去世那年，我就没准备再上学了。我想辍学赚点钱，不能再苦了我妈，可我妈不许，让我上完高中再说。后来考上了个大专，但我没去念，去年跑去省城找了份工作，现在回来了，还住在原来的房子里。"

我听他从头到尾说了一长串，惊讶之余又生出一个疑问，说："你的口吃……"说到这里又觉得不能这么问，住了嘴，倒是他听出我的意思，笑了笑，说："我的口吃在葬礼之后就好了。"

那天他先是把我拉到他家，又跟着我一起走到我老家，跟我父母打了个招呼，又向我爷爷奶奶问好。那一刻我才知道，原来他有空的时候都会过来帮我爷奶俩，家里的灯泡就是他给换的，水电费也是他帮忙交的。我们也在这个夏天熟悉了起来，跟他熟识了之后，我发现这人跟我小时候的印象完全不同。他的那些乖张和怪僻都不见了，整个人显得很沉稳，我这才发觉我以前从未真正了解过他，只是跟着班里其他人的印象走。我满以为即使能跟他再见面，也不过落得一个半生不熟的地步，没想到还颇有话可说，只不过我还是小心翼翼地避免提起小时候的那些事。我想他大概有所察觉，也一直没提。

我在老家待了一段时间，之后就回到了市里。假期快结束的时候，李响到市里来找我，这时候我们才提起了从前。

是他自己提起的，他说："以前我怎么也不信我爸是小偷，后来问我妈，她支支吾吾地不开口，我脑袋轰的一下，就知道是怎么回事了。"

我说："你爸的事情我爸跟我说了，其实也不怪叔叔。"

他说："我怪过，我一面自己怪我爸，一面又不能忍受他们说我爸。很矛盾吧？可我当时的心情就是这样，最后变得口吃了，话怎么也说不利索。再后来的事你也知道了。"

我点点头，问："接下来你有什么打算？"

李响说："想当消防员。"

我一愣，没能接话。李响接着跟我说起关于他父亲的一件往事，他说："我爸当年在省城，那件事之后找不到好工作，但想着我们娘儿俩，后来就什么危险的活都接。有一天在一个化工厂干日结的活，化工厂四处都堆着易燃材料，没什么安全措施，连灭火器都没准备。不过派活的人说这么多年从来没出过事，我爸也没有什么选择的余地。没想到就是那一天出了事，不知道是谁扔了个烟头还是哪里来的火花，我爸活干一半，才发现不远处起了火。他离着火点最近，疯一般地往外跑，关键时刻门怎么也打不开，他心想自己可能会死在这里，想着都是命，一瞬间就放弃了。是两个消防员冒着生命危险把他从门里救出来的，救出来后还没来得及缓神，化工厂就直接炸了。"

我听完点点头，说："所以你想当消防员，是因为他们救了你爸的命。"

李响说："不只是这样，那时我爸都认命了，他觉得自己反正一辈子都没混好过，也没人真把他的命当成多有价值的东西。消防员刚进来的时候，他满脑子想的不是终于获救了，而是想让人赶紧走，免得自己连累他们。可人家一点都没动摇，说，每个人的命都是命，都是无价的，他们的职责就是救人灭火。就是这句话。"

说到这里，李响双眼通红，又重复了一遍："就是这句话救了我爸。我爸不识字，花钱找人，在别人面前把故事复述了一遍，写成了信寄给我。可那时候我还在心里怨恨我爸，怨恨他想不开非要去偷，把家里值钱的东西都赔了出去，还让我和我妈都抬不起头来。等他死了我才跟傻子一样打开信，才知道我爸在信里写了那么多事，才真正懂了我爸。还有，我也感谢你爸，你爸对我妈说的那些话，也变相救了我和我妈。"

天逐渐暗了下来，夕阳把我们俩的影子拉得很长，我默默地听完故事，人群在我们面前走过。

这时我才想起什么，问："你今天来找我，就是为了说这个事吗？"

他沉默了会儿，说："小学的班主任你还记得吗？他前天去世了，患急病走的，我想着跟你说一声。也不知道为什么，总觉得应该跟你面对面说。"说到这里他又停了下来，看了眼地上的影子，说："可能觉得以前的那些事，只能找你说。你方便的话，帮忙通知下以前的同学吧。我知道你们有个群，还互相联系，我不在群里，你们也都不在小镇里生活了。"

我点点头。

老师的葬礼，很多老同学都没来，自然也包括刘少强和周小黄。

六

大学毕业后又过了两年，这期间我一直跟李响保持联系，可因为找工作加上实习，我很久没能见到他。他也一样，生活忙碌，为了梦想奔波。直到这一年的国庆，我回到了家，才见到李响。

我没想到他竟然跟上次见面判若两人，整个人坐在我面前，精气神却缺了一块。人依然跟从前一样壮硕，可眼里没有什么神采，不说话的时候头埋得很低。我想不通为什么，还没开口说些什么，李响突然问："老程，你念过大学，你告诉我，我爸的事会影响我当消防员吗？"

我皱起眉，说："这我还真不知道。"

他叹口气，缓了缓神，说："本来是挺顺利的，我问了师父，说不太影响。没想到刚报到不久，单位里收到好几封举报信，说是我爸当年在省城算是入室抢劫，还砸了人办公室，情节恶劣。又说我小时候欺负同学，辱骂老师，没干什么好事。"

"这算是什么事，"我说，"你爸的情况另说，可你小时候什么时候欺负同学了，什么时候辱骂老师了？退一万步讲，你是打过架，但那也是因为别人孤立你在先，当时的情况我们老同学谁不清楚？再说了，这跟你现在当消防员又有什么关系？"

我越说越生气，把相关信息查了个遍，又问了几个朋友，得到的答复都是，在法律层面，他父亲当年没有受过刑事处罚，事件也很清晰，不会影响到李响，也不该影响到李响。当我问到小时候打过架的事情会不会有影响的时候，我几个朋友都笑了，说，按照我的说法，李响根本就不用担心。

李响一直没说话，我越说越急，问："是谁写的信？"

李响还是没说话，我越说越气，问："我们去找你领导。"

这时候他终于说话了，他说："领导说了，我爸的事情他知道，没关系，小时候的事情也没什么，消防员还是能当的，只不过有人写了举报信，还是一封接一封的，说得有鼻子有眼，以后得小心一点，不能犯一点错，以免落人口实。至于信是谁写的，就别管了，深究了影响不好。"

我听完左思右想，还是咽不下这口气，说："咱俩好好想想，能写这封信的人的范围不大。"

他摇摇头，说："老程，这种事情就别想了，我领导说得对，你看这种事情一旦曝光了，真假不说，程度不论，对我们单位肯定有影响。就算在法律层面我还能当消防员，但我怕这信还是一封接一封，隔三岔五地来，想着要不算了。"

我瞪着眼说："算什么算，你又没做错什么，再说，你也不能这么认输啊，不过就是一两封信而已。"

李响却仿佛突然下了什么决心似的，自顾自点点头，说："我想好了，明天我就辞职。"

这时我知道自己说什么也没用了，突然被抽干了力气，说："你要想好，这不仅是你的梦想，也是你爸的。"

"我还有我妈，"李响突然说，"好不容易这些年没人再提这件事了，你知道的，人都是最爱说闲话的，哪怕他们知道事情的原委，也只会说，要是他们肯定会有别的办法，绝对不会去当小偷。她那些年过得多痛苦我都看在眼里，我们也不会怪我爸，只是我妈年纪大了，又一辈子生活在镇里。她不像我，还能靠工作，靠手机，靠别的事来分散注意力，来散心。老程……"他抬头看了我一眼，我在他眼里看到了难以理解的沉重的悲哀，只好坐下。我想了想说："没事，日子还得接着过，我们还要接着活。每个人的命都是命，都是无价的。这句话是你的人生信条对吧。我觉得很对。换句话说，每个人活在这个世上都能找到属于自己的价值。接下来我们一起想想怎么办，总还有别的事可以做的。"

李响没有回答，从这一刻开始，他重新陷入了沉默。

是我无法理解，也无法打破的凝重的沉默。

许多年后，我才知道了另外一件事，是关于刘少强父亲的事。

刘少强父亲年轻时手脚不干净，一天夜里去车间偷钱，那时李响爸正在车间外喝酒。刘少强父亲以为车间附近没人，就偷摸进去，翻箱倒柜偷走了所有值钱的东西。他刚准备走，李响爸正巧回屋，抓了个现行。刘少强父亲立刻跪倒在地，求李响爸别报警。本来李响爸正准备把他扭送到派出所，看这情形，叹口气，说："算了，东西也都找回来了，以后别再偷了。"我爸这时候也看到了车间里有人，搞清楚了怎么回事，死活不让李响爸就这么算了。可最后李响爸还是说："咱们就当这件事没发生过，都是苦命人。"

父亲跟我说起这件事的时候，我觉得奇怪，就说："可按你这么说，刘少强他爸应该恨你，不该恨李响爸啊。"

父亲说："你不明白，有的人在落魄和失去尊严，不得已去做某一件事又被发现的时候，最恨的，恰恰是那个发现他、抓住他又放过他的人。因为他会永远记得，那个人是如何高高在上，又如何轻巧地放了自己一马。那个人的存在，就意味着他那段屈辱的历史也永远存在。即使他心里明白，那个人什么都不会说，他也会终日疑神疑鬼。到最后，他只会记得自己的惶恐是那个人带来的，把自己所有悲惨的命运都怪罪到那人身上。搞不好，他还会想，不如当时就把他抓起来好了，当什么大善人。有些人，是不会有感恩之心的，他们不懂'感恩'这两个字。他们也不会有同理心，永远都不会有。"

我摇摇头，说我不明白，就算明白了，那也是上一代的事，我也搞不懂刘少强到底怎么想的。

父亲沉默了一会儿，说："他爸跟他说的故事，肯定跟我刚说的不一样。很可能正好相反。"

我似懂非懂，心里还是觉得别扭。

这是二〇一八年的事，距离李响救了那个婴儿，死在火海里，已经过了三年。

<h2 style="text-align:center">七</h2>

我撒了两个谎。

一个是，李响妈在李响葬身火海的短短两周后，就倒在了家里。等邻居发现的时候，她已经走了两天。那时候我人在外地，办葬礼时父亲帮忙张罗了，可当时李响能写在户口本里的亲人，已经没一个还活在世上，剩下的远房亲戚也几乎一个没来，葬礼最终草草地结束。那之后，父亲也不愿再回忆当时的任何细节。

我撒了两个谎。

另一个是，我给他看的那些截图里，依然记得李响的人，只有我一个。确切地说，是没有人真的关心这件事。新闻报道后，我们的群里曾聊得热火朝天，有人说他是救火英雄，有人从来就没有人目击他冲进火里救出孩子，有人说那孩子是被消防员救出来的，因为失火时孩子离门更近，跟李响没关系，有人说李响不是在消防队里待过吗？有人接话，说他不是第二天就被开除了吗？有人说还是觉得他就是救火英雄，虽然他小时候的确调皮捣蛋，有人说小时候调皮捣蛋的人怎么可能会这么容易改邪归正呢？看人，三岁看到老啊。

我把那些表示相信他的微信聊天记录都截了图，一点点剪掉上下的其他话。

我只是想告诉他："你看，是有人相信你的。"

他的忌日，是大年夜的那一天。

我最初不知道为什么大年夜那一天，他会出现在离家那么远的地方。下一秒我才反应过来，那条路，是从他家通往我家的路。他是正准备过去呢，还是准备回去呢？我爷爷奶奶在二〇一四年搬了家，去了养老院，已经不在那间小屋里继续住了，那只是个空房子啊，里面没有什么需要他整理的东西，这些事他不是一清二楚吗，那为什么还要去呢？

直到今天我还是没有答案，也没有人能告诉我了。

但最后一件事，我终于有了确切的答案，我觉得有必要写在这里。

二〇二三年的大年初二，我给李响扫完墓的第三天，雨终于停了。

我在街上遇到了刘少强和念念，她手里抱着的孩子该有三岁半了。那时候他们手里拿着大包小包的年货，在人群里跟我擦肩而过，刘少强没认出我，但我回头拦住了他。

"刘少强，"我问，"你到底有没有写过举报信？"

刘少强先是一怔，一言不发地看着我，许久后似乎才认出了我。

"什么举报信？这么久不见你就问我这个？"他先是这么说，然后转身想走。可我的手依然牢牢地抓住他，他再回头的时候，看着很是恼火，终于愤怒了，说："我不知道你在说什么，我知道你跟李响是很好的朋友，但我告诉你，你不要太主观，不要什么屎盆子都往我脸上扣。我还有事，你给我松手。"

"我可没说信的内容和他有关。"

接着我没有等刘少强给出任何反应，径直从他身边走了过去。

我就这么走着，越走越快，到最后几乎是跑着离开了街道。远离人群后，我还在继续走，向着没有终点的前方走着，因为感觉到内心有种沉重的东西正在一点点堆积成形，如果不走快一点，我就会被这个东西压垮。我终于喘不过气来，耳朵开始嗡嗡作响，慢慢地，不知不觉停了下来，我感觉到有种东西洒在了身上，它带走了沉重，耳朵里的嗡嗡作响终于止住了。

是月光，它穿过云层洒在了我身上。

然后我听到了黄鹂鸟的叫声。

扭头一看，却什么都没有。

白夜

现在年轻人上班的速度比谁都慢，
求神拜佛比谁都积极。

一

　　那是早春时节，天气刚暖和起来，春风带来的生机让树枝长出新芽，在风里缓缓地上下摆动。天暗得比以前晚了些，夕阳把大地染成一片金黄，也把天的一边烧得通红。我坐在咖啡厅看窗外的风景，心情算不上多好，也谈不上糟。楼下有一群学生模样的人围着海棠树，我才发现原来海棠花开了。我拿出手机想下楼也拍一张，转念一想还是坐下，我来这座城市已经五年了，却几乎没能结交上一个熟人。不过这么说好像也失之偏颇，认识的人还是有的，比如说公司里的同事，我在这家公司工作了四年多，只是感觉大家还是陌生人。表面上我们每天都说很多话，但没有一句能走到彼此心里。这种感觉让我在公司越来越沉默，也开始在地铁站的时候有意识地避开熟面孔。这两个月我的社交焦虑变得越发严重，每次电话响起的时候我都有种莫名的恐惧，想到要跟人在电话里交流就觉得头疼。

昨天夜里电话响起来的时候，我本来担心是工作，一看是我妈。我发觉好像什么事都瞒不过我妈，尽管我说工作顺利，也交到了很多朋友，可她似乎还是能从电话里，从语音里，从日常的聊天问候中察觉出不对劲。电话里我妈说起从前的事，她说："我记得你上学的时候还挺爱热闹，那时候你总是跟几个朋友一起回家，有一次我还在街上看到了你们，其中还有一个女生对吧，他们的名字我到现在还记得。"我说："妈，你怎么连我以前朋友的名字都记得？"我妈突然严肃起来，说："跟你有关的事，妈都记得八九不离十。"

我沉默了会儿，我妈又问："你跟他们还经常联系吗？"

我回答说："大部分都不怎么联系了，也就逢年过节的时候会说几句。"

说到这儿我突然想起来毕业的夏天我们聚在一起痛哭，在同学录里留下"友谊天长地久"，那本同学录到底去了哪里呢？我不记得了，可能搬家的时候落在了哪里，回忆也搬离了我的脑海。很多东西不想着去找，也就真找不到了。

我妈接着说："我昨天碰到刘予淇她妈妈了，你猜怎么着，刘予淇现在跟你在同一个城市，你们工作的地方也很近。这不是巧了吗？你们约着这两天见一面。"

我脑海里浮现出刘予淇的样子，那时候她是学校里的焦点，成绩和相貌都令人瞩目。我不过是班里的一个普通人。我们关系其实没多好，我妈之所以觉得我们关系好，是因为她跟每个人的距离都很近。我妈在下班的途中见过我们俩说过几次话，那时候跟我关系要好的一个朋友喜欢她。我还记得我跟她聊起过头发，因为她的头发看上去像是留了很多年，从来没剪过。刘予淇说："怎么可能没剪过呢？不过留到现在确实花了很多年。"她说起自己的头发的时候一脸自豪，那时候我还不明白头发对女生来说意味着什么。

我说："都很多年没见了，再见面也不知道说什么，而且我上班很忙。"

我妈说："你上班忙，下班呢？"

我说："下班也很忙。"

我说这话没有一丁点撒谎推托的意思，我确实很忙，每天清晨起床去公司的心情像是去上坟，一天得喝三杯咖啡才能缓过来。领导总是用各种方法填满我的所有时间，企划案永远不过关，每天都在细节上抠字眼，偶尔派我出去聊事，等我回来的时候那件事又突然变得不重要了。我每天忙完下班的时候都有一种诡异的心情，仿佛我花的时间都是在做无用功，因为企划案总会回到最初的版本。我总觉得好像多我那几套工序也不会改变什么，可我就是得坐在那儿，不停改，不停与人沟通。即使是下班了，也得时刻注意公司群的消息。四年过去，我的工资涨了10%，这算是我唯一取得的成绩，尽管物价涨得更快。

我妈没理会我，接着说："我都跟她妈妈约好了，这周六你们就见一见。"说完就挂了电话，又过了一分钟，她给我发了个时间地点。

所以现在我正坐在这家咖啡厅，等着我十年未见的高中同学，边等边觉得苦恼，不明白为什么大好的周末我要坐在这里浪费时间。

刘予淇在快六点的时候到了，窗外的天刚刚暗下来，我正盯着窗外发呆，一个身影坐到了我面前。我扭过头，随即看到了她，我当即就认出了她。她的五官没有什么改变，打扮比之前成熟了些，化着精致的妆，穿着一身黑，整个人显得干练。刘予淇身上最大的改变，是头发的长度，她齐腰的头发不见了，现在盘在脑后，我盘算着放下来大概也就是齐肩的程度。她看到我，立马露出一个微笑，说："好久不见。"

我说："得有十年了吧。"

她问："后来的同学聚会你怎么没来？"

我说："工作太忙，走不开。"

她点点头表示同意，接着要了杯黑咖啡，我也叫来服务员续上一杯。她说："你晚上六点还喝咖啡，能睡得好吗？"我说："咖啡对我的功效不大，再说今天是周六，我想清醒得晚一点。"刘予淇说："我明白，我也喜欢熬夜，只有在熬夜的时候，才能觉得自己是自己。"

我笑了，接着我们说了一会儿话，都是些久别重逢的老同学之间会说的话。说起谁谁谁的改变，又说了会儿现在。谈话结束，我们的见面也到了尾声。她突然问我："你觉得我现在怎么样？"我想说挺好的，可又觉得敷衍，正想着呢，她说："行了，我该走了，你明天有什么事情吗？要不要去趟文殊坊，我听说去那里挺灵。"

二

我怎么都没想到周日的文殊坊能有这么多人，大部分还是年轻人。我们约好下午两点见面，一点半的时候无所事事的我就到了，还没看到文殊坊的牌，就看到了文殊坊前的人。我走到正门附近，看到好几个算命先生面前站满了人，我看到人群中的广告牌，写着"不用开口，就能知道你姓什么"。一个阿姨在算命先生面前站了五分钟，算命先生果然算出了她的姓，她拉着她丈夫说，活神仙啊活神仙。还没等我看到她接着要算什么，我就被挤出了人群。红墙的另一边，一对新婚夫妇正在拍婚纱照，我站在一旁看了会儿，心里感觉挺复杂，说不上来到底是什么，再一扭头看看人山人海，觉得自己像个局外人。这时候刘予淇到了，跟昨天一样，迟到了半小时。她的打扮跟昨天没什么区别，但眼圈看着很红。于是我问："没睡好？"

她说："昨天朋友生日，聚得太晚。"

其实我挺好奇她为什么找我来文殊坊，我猜想她应该能找到别人，何必找我呢？但我平生最怕麻烦，真的，一丁点麻烦都让我头疼，比起追问个什么答案，糊里糊涂我更能接受，所以我什么也没问。

我说："没想到今天这么多人。"

刘予淇说："不是有句话吗？现在年轻人上班的速度比谁都

慢，求神拜佛比谁都积极。"

我问："大家都在求什么呢？"

刘予淇看着人群，说："谁知道呢，或许是求命运能对自己好一点。"

我们走到文殊坊门口，接过两炷香，我第一次来，什么流程都不知道，就跟在刘予淇身后，她做什么我做什么。她祈祷的时间很长，我好了她还没好，我就站在旁边看着她，看着她紧闭双眼，双手合十放在嘴前，比谁都虔诚。我问她："那你呢，你刚才在求什么？"她笑着说："具体的不能说出来，说出来就不灵了。"我们走到出口处的时候，面前出现了数百碗烛灯，红色的蜡，灯一排排放在地上，烛火在风里摇曳。刘予淇说："这叫智慧灯，也叫许愿灯，我们一会儿也来供灯。"我们走到卖智慧灯的地方，我买了五盏灯，她也买了五盏。我写了五个愿望，写得很慢，想了很久；刘予淇也写了五个，很快就写好了。点烛灯的时候，突然刮起了风，我们费了很大力气才把烛灯点燃。这期间我回头看了刘予淇一眼，她的面容埋在了头发里，我看不清她的表情，只能看到她的手在抖。

我说："没事的，慢慢点，一定能点燃。"

刘予淇抬起头，眼神里流露出的神情我读不懂，但她紧咬着嘴唇，风把她的头发吹得很乱。那一瞬间，我突然觉得很难过，好像她在此时此刻，即使身在最热闹的地方，心底也依然孤单一人。供完灯我们把愿望系在一旁的架子上，我没有看到她的愿望，其实我也没想看任何人的愿望，只是一旁的卡片上写着的愿望无意间跳进了我眼里。一个陌生人写着：希望身体健康，一切顺遂，能早日"上岸"，如果可以的话，能让我找到一个好工作，不需要赚很多，但能让我的所有努力都得到相应的回报。

我们走出文殊坊的时候，时间刚到五点。门前的人终于有了稍稍散去的迹象。她说："不好意思，今天让你陪我这么久。"我说："本来周日我也就是在家里无所事事，来一次挺好。"接着我问她："你信这些吗？"她说："心诚则灵。"我说："在这次来之前，我还以为只有老人才会来这里。"她说："现在的年轻人也一样，努力了，可改变不了什么，所以才会来这里。"

我想了想，不自觉地叹了口气，说："我能明白。"

刘予淇拍了拍我，脸上重新露出笑容，问我想不想在附近吃点东西。我说好，又掏出手机想搜一搜，这时候她电话来了，我听出来是有人叫她去吃饭，她拒绝了。我说："要不你跟朋友去吃吧，我正好也想早点回家。"她看着我，突然问："你一个人在家的时候不会难过吗？"

我说："问题不大，我有两只猫陪着我。"

她想说些什么，嘴唇动了动，可我等了许久，还是没有声音出来。又一通电话打断了我们的沉默，我听不到电话另一头的人在说什么，只能听到刘予淇的声音。她脸上其实并没有笑容，可声音听着却像是在笑。我不知道应该说什么，觉得她的声音里也有种孤独。

回到家的时候，我妈给我打来了电话，问："你俩见到了吗？"

我说："见到了，今天还一起去了文殊坊。"

"那就好，"我妈像是松了一口气，又说，"你多照应照应她，能常见就常见。"

我警惕起来，说："你不会是在给我们安排相亲吧？人家看不上我。"

我妈恼了，说："你哪里差了，人家怎么就看不上你了？"

我说："你看，你还说不是在安排相亲？"

我妈说："被你给绕进去了，没这回事，纯粹就是巧了，总之你们都在外头，有事就帮着点。再说，你们是老乡，还是老同学。"

我沉默地点点头，挂断了电话。我觉得我妈不会无缘无故跟我说这些，但她也没想说明白。我走到卧室，把投影仪打开，两只猫跟着我上了床，一左一右地躺着，不一会儿舔起了自己的毛。

三

一周后我在上班的路上看到了刘予淇，在下公交车的时候，正看到她走出地铁口，走在我身前。我犹豫着要不要跟她打招呼，发现她戴着耳机。她走路的速度很快，甩动的手臂幅度很大，我意外地发现居然有人能在上班的路上走这么快，很快她就消失在了转角。等我走到转角的时候，发现人们挤在一起，叽叽喳喳地不知道在讨论什么。我本想快步走过去，发现人群中的主角是刘予淇。有人手捧着鲜花，跪在刘予淇的身前，在这瞬间我看到了她脸上的慌乱，但她很快恢复了镇定。她说："对不起。"她说："你先起来，别影响别人上班。"她说："别在我身上浪费时间了。"

奇怪的是好像没有人在听她到底说什么。

她又接着说："这已经是第五次了，你真的影响到我工作了。"

他说："可我就是喜欢你。"

她说："可我不喜欢你。"

他说："我什么都能给你。"

她说："我不需要你给我什么，而且你喜欢的不是我，只是你想象中的我，你仔细想想，其实我们说话的次数都不超过十次。如果你真的了解我，你会扭头就走的。"

他顿了顿，说："这些都是你找的理由。"

刘予淇没再说任何话，绕过他，走到人群中，转头上了楼。我看到她回头看了人群一眼，人群也在看着她，她露出抱歉的笑容，仿佛是因为自己耽误了所有人的时间。我不知道她有没有看到我，只是她神色里的抱歉，让我有些疑惑。

我到公司的时候，人们还挤在窗前，我猜他们都看到了楼下发生的一幕。我也向窗外看了眼，楼下除了几片花瓣，已没了任何痕迹。我听他们说，这已经是第五次了。我听他们说，每一次那个男的都是被拒绝后扭头就走，一个月后再来一次，跟打卡似的。其实我也知道这件事，只是不知道故事的女主角是刘予淇。接着观点分成了两极，有人觉得男人可怜，有人觉得女人被当众表白也很难堪。有人说有一次在聚会的时候看到过刘予淇，说虽然相处的时间不长，但觉得她性格友好，朋友也多。

这句话符合刘予淇在我心里的一贯印象。这时候我突然想到刚才刘予淇最后说的那句话，猜不透话里有多少是真，又有多少是假。

我没有说起我认识刘予淇，我知道他们对刘予淇本人也没多大兴趣。

下班的时候，我又看到了刘予淇，她跟几个同事走在前面有说有笑。这时候我看到几个同事也下班了，走在我前头。我想了想，走到了旁边的便利店，想着等他们上车了我再去地铁站。我玩了一把游戏，又看了几个视频，估摸时间过去了半个小时，应该不会再看到任何熟人，却没想到刚走出便利店门口，就看到刘予淇一个人坐在前头不远的座位上。我有些纠结，但还是走了过去，走近了些，才发现她头埋在膝盖里，像是在哭。我犹豫着要不要叫她，她抬起头看到了我，一瞬间的慌乱后又露出抱歉的微笑。我递过去一张纸巾，刘予淇接了过去，低下头好一会儿都没再看我。我沉默地在一旁站了会儿，正不知所措的时候，她抬起头问："你是不是觉得我很糟糕？"

我愣住了，说："你怎么会这么想？"

她笑着说："我觉得自己挺糟糕的。"

接着她问我："你怀念以前吗？咱们还上学的时候。"

我想了想，说："有时候会怀念，有时候不会。"

她说："其实我挺羡慕你的，从那时候开始就羡慕。"

四

接下来的日子，我依然规律地上班，下班还有加班，周末的时候如果空闲，我就在家里看剧，或者出门散步。我跟刘予淇没有什么其他的交往，偶尔会线上说几句话，但也没有再见到几面。她上次说的话没有下文，但我觉得这段经历多少让我们拉近了距离，就好像我们重新成为朋友。但这个说法也有点奇怪，我们虽然是同班同学，可那时候也算不上多要好的朋友，至于她说的羡慕，我一点都没意识到。我也想不通自己有什么好被羡慕的，怎么看我都是一个平平无奇的人，长相普通，身高普通，才能普通，想法也普通，没什么宏图远志，能成为普通人就很好，当然，希望自己能再养一只猫，工资能更高一些，让我能存点钱，可以给两只猫买更多的零食，可以让我自己在空闲的时候去旅行。对了，还有，希望自己可以永远不要加班。

如果说我对刘予淇有什么特别的情感，我能想到的，恰好也是羡慕。我在适应自己之前，最羡慕的就是她这样的人，能成为许多人的朋友，能成为班里最优秀的那一个，看起来永远那么从容。不过我的普通限制了我，最终我也接受了自己的普通。

我跟刘予淇再见面，是两周后的一天傍晚，要好的朋友从其他城市过来见我，都是老同学，我想了想约上了刘予淇。在公司里我的确害怕麻烦，恨不得不与人接触，可跟为数不多的几个朋友在一起，我就是另外一个人。有人说我孤僻，我不否认，因为他们看不到我的开朗。那天我喝了不少酒，说了很多话，其间哈哈大笑大概五十次，手机的电量只下降了10%。我把老朋友送回酒店，又打车送刘予淇，等车的时候她说喝了不少酒，想走路吹吹风。于是我取消了订单，跟她走在夜色里的街道上，我不记得走了多久，但记得后来我们坐在公园外边的椅子上。公园一旁有许多小吃摊，显得黑夜也很热闹。就是这一天的深夜，刘予淇第一次跟我说起她的故事，她向我讲述在公司里遇到的事，讲到很多人表面关系都很好，可背后依然会说彼此的闲话，叽叽喳喳说个不停。她还说起那个人的表白，她说她始终没办法由衷地去爱一个人。

刘予淇看了看昏黄的路灯，撩起自己的袖子，把手臂伸到我面前。借着灯光，我看到了她手臂上几道显眼的疤痕，她放下袖子，惨淡一笑，说："很久以前，我自己划的。

"在这座城市我们第一次见面的时候，我迟到了半小时。后来去文殊坊，我又迟到了半小时。我不是故意迟到的。那时候我穿好了衣服，化好了妆，心情也还不错，可要出门的时候，我的情绪就崩溃了。我总是这样，上一秒觉得自己好像挺幸福，生活充满希望，可下一秒又觉得自己是摊烂泥，生活晦暗无光。我上次眼睛很红，说是因为跟朋友聚会，没睡好，我没骗你，可那不是最主要的原因。其实是因为我临出门时又哭了一场。我就是这么一个情绪反复的人。"

我想起刘予淇拒绝那个人表白的时候说的话。

我说："你怎么突然跟我说起这些？"

刘予淇说："因为这座城市太陌生，而你是我的老同学，是我青涩时期就认识的人，也因为我不仅仅把你当成一个随便遇到的路人。"

我觉得喉咙很渴，想起刚读过的书，里面提到了心理咨询，便问："你去看过心理医生吗？"说完觉得这句话是那么不合时宜，刚想道歉，刘予淇开口了，她说："看过，医生说，一切都是因为我始终没办法爱上自己，没法与自己相处。"

我问："为什么你会讨厌自己呢？"

刘予淇看着天上灰色的沉重的云，月亮在云后忽隐忽现，很久没说话。

"可能是因为我永远没法活成别人心目中的样子吧。"她终于开口，声音很轻，"也可能我永远害怕孤独。"

"这两件事最开始谁都怕，后来也怕，只是不挣扎了。"我说。

刘予淇轻轻摇了摇头。

那天我才知道，原来刘予淇有一个姐姐。我跟她是老同学，却不知道这件事。刘予淇说，那是因为她姐姐留在了老家上学，刘予淇从小就被送到了外地，也就是我童年长大的城市。她说姐姐身体弱，父母想要把姐姐留在身边照顾，可工作又忙，没法同时照顾好两个人，所以她从小就被送到了奶奶身边。她也不知道为什么奶奶生活在另一个城市，但她想自己身体健康，如果说姐妹中要选一个送到外地的话，也只能送她走。于是六岁的刘予淇就来到了我所在的这座小城，从小学念起，然后一路念到高中，认识了我。

她最初认识的朋友，是班里年龄最大的女生。她觉得那个女生很像自己的姐姐，于是也跟她亲近。可不久后对方找到了新的朋友，就不把她这个来自外地的人当一回事了。她越想要表达友情，就被推得越远。那时候她才意识到，自己其实被班里的所有人嫌弃。刘予淇不知道自己做错了什么，听说有人嫌弃她衣服脏，她就把自己的那件衬衫洗了又洗，洗到褪了色；听到有人说她普通话不好，她就下决心把普通话练好，把石子塞进自己的嘴里，用近乎自我折磨的方式练习普通话。可后来她发现，有人说她是外地来的，她彻底没了招，她无法改变自己的出生地。

"我有时候也会想，如果来外地的是我姐姐就好了。"刘予淇说。

可她一次都没有表达过这种想法，她的父母也从来没有打来电话。只有每年春节的时候，她会回家，跟姐姐见面。她发现姐姐的身体好了起来，她发现姐姐的奖状比自己多，她发现姐姐的朋友比自己多，但她一次都没跟姐姐吵过。两人的相处出乎意料地融洽，因为姐姐开朗，性格热情，对她也好。

"所以我从小就下定决心，要成为跟姐姐一样的人，"在夜色里刘予淇的声音缓缓地传来，她就坐在我身边，可听起来很遥远，"因为她能留在父母身边，还因为每次回家的时候，都能听到所有人夸奖她的话。她是世界的中心，可又真诚地觉得我也很好。没有比她更好的姐姐了。她还偷偷跟我说过，她羡慕我的独立，如果是她这么小就离开家，肯定做不到像我现在这么好。我们是姐妹，我知道她说的话是真心的。我就在家待那么几天，她会把所有好玩的东西都让给我，带我去吃好吃的，带我在老家附近找各种好玩的地方。有这么一个姐姐，我就觉得在家里还有我的一席之地，她开着那扇门。"

"然后呢？"我问。

"我姐姐死了，"刘予淇说，"一个醉酒的司机，一辆失控的车。"

"有时候我觉得我也死了，死在同一天夜里。"

我什么都没说，我不知道还能说什么。

我脑海里浮现的是上学时遇到的她，遇到的那个令人瞩目的人。我记得她的成绩比我好很多，我记得她的身边总是有人围着，我记得她看起来是那么快乐，似乎从来不会慌乱，也不会难过。我突然意识到，这是因为她一个人在活两个人的份。然后我想起了我妈的那通电话，想起我妈和刘予淇妈妈的相遇。

我把这个故事说给刘予淇听，她没有任何回答，眼泪在无声中落了下来。

我慌慌张张从口袋里掏出纸，递给她，又想起其实上学时有一次我看到过她哭，只是我从没放在心上。

那是高三的时候，晚自习下课，我妈接我的时候来得晚了些，所以我只能在门口等着。那时候刘予淇的父母也搬了过来，我看到她的父母坐在校门口另外一边的椅子上，旁边还坐着刘予淇。那时候她父母似乎正吵着什么，我不知道原因，也听不清，只是看懂了她父亲对她母亲的责备，然后我发现刘予淇就坐在他们身边，头埋在膝盖里，远远看过去，像是一个渺小的影子。

我说："刘予淇，其实有段时间我很羡慕你。那时候我看到你身边有许多朋友，我还不知道其实你内心空无一人，我只看到了你们的热闹。我还羡慕你的成绩，你不知道我那时候学习有多努力，每天晚上我总是对着数学题发愁，很晚才睡。我还记得有一次上课的时候，数学老师发卷子，全班只有几个人做对了那道题，你是其中的一个。老师把你的答案当成模板，你说其实就是有一条辅助线，画出来一切都很简单。我想，有了这条辅助线之后是很简单，可是我的脑子怎么都想不到，原来图里可以加这么一条辅助线，我缺乏那创造性的第一步。"

刘予淇抬起头困惑地看着我，就好像不知道为什么我突然说这些。

我接着说："后来我有时候做梦，还会梦到我在考试，考的就是那道题，我怎么也解不开，醒过来还浑身冷汗。不过我现在想明白了，我可能就是永远想不到那条辅助线的人，我也就只能成为这样的人。我只能接受自己成为这样的人，然后做好别的题。"

刘予淇听完，说："我果然还是羡慕你，因为你好像从一开始就能跟自己相处得很好。"

我一时不知道该怎么接话，只是脑海里浮现出自己上下班途中的慌乱，过了一会儿，突然想起还没问她头发剪短的事。

她说："想过振作，想过把头发剪短，换个心情，换个开始。"

接着她说："在这座城市的确是一个新的开始，可遇到的人还不如学生时代遇到的人，那时候大家还会好好说几句话，即使心里最深处的委屈不会说，可还是能安慰到彼此。"

她说来了这里后，还谈过一次恋爱，她说当时把所有的希望都寄托在了对方身上，可情绪反复没能改掉，深夜的时候还是失眠，再后来对方也受不了她突然的崩溃，在一天白天收拾行李直接搬走了，连一句话一条短信都没留。她说其实他是一个很好的人，错的是自己。

我问："你有跟他说起你姐姐的事吗？"

她摇摇头说："没有，我害怕把这些告诉他之后，他就不喜欢我了。"

我说："这件事跟他喜不喜欢你没关系，一点关系都没有。"

刘予淇说："有关系的。"

我说："如果一个人真的喜欢你，喜欢的就是全部的你，你的荣耀他喜欢，你的脆弱也是。"

刘予淇顿了顿，又说："不会有这样的人。"

我站起身，看了看周围，说："其实这个世界上还是有这样的人的，只是你没遇到。就像你上网的时候，总能看到一些好心人的故事，这世上一定有好人，只是我们日常生活里没遇到。"

刘予淇说："如果一直没能遇到呢？"

我说："那也改变不了这个事实，遇不到最多只能证明世界的确很大。遇不到就遇不到，不代表你不好。我刚才想了想，如果是我小时候被送走，我肯定做不到跟你一样好。我们确实没办法活成别人期待的样子，但说到底，这件事也没那么重要。"

小吃摊一直亮着招牌，夜色中人们来来往往，从夜晚十一点到凌晨三点，陆陆续续一直没停。我们之后也没再说话，只是出神地看着一个又一个陌生人出现在身前，有的看起来浑身疲惫，有的步履匆匆。有人蹲在路边，垂着头，看起来是那么形单影只，过了一会儿，才又缓缓地站起，走向路的另一边。我忽然意识到，这个城市里，有很多深夜无法入睡的人，这个世界上每个人都有各自的故事，我有，刘予淇也有，刚才出现过的每个人，都有。

门前快乐的，关上门或许在痛哭。

这句话我之前在一本书里读过，书名我倒是忘了，作者跟我的名字一样都有个"浩"字。不过他是谁也不重要，重要的只是这句话。

我看着刘予淇，看着路灯下她的影子，想起我们去的文殊坊，不知道她许的愿望是什么。

早知道我应该在愿望里多加一个，希望她能获得真正的快乐。

五

五月的文殊坊依然挤满了人，情景跟三月来的那次没什么两样，只是天气更热了一点。门口算命先生突然少了很多，细听还有喇叭声在回响："不要相信算命，不要轻信陌生人，保管好财物……"红墙的另一边，又有一对新婚夫妻拍着婚纱照，摄影师架好了几盏灯，新郎正满头大汗地休息，听到摄影师喊他，立刻又站了回去，脸上挂着甜蜜的笑容。我远远地看着，用心记录下陌生人幸福的时刻，觉得能遇到这样的事也很不错。接着我看到墙边盛开的海棠花，一群学生模样的男男女女正在树下拍合照，我等了一会儿，然后掏出手机拍了一张，发给了我妈。

我妈立刻给我打来电话，问我去哪里玩了。

我说："文殊坊。"

我妈说："替你妈祈个福，让菩萨保佑你妈今年的股票不要跌。"

我说："妈，菩萨很忙的。"

我妈说："你妈平日里一定会多做善事。"

我说："那还挺好，那你记得多做善事啊，善事之一就是对我好一点。我一会儿就给你祈福，肯定灵。"

　　五月的文殊坊来来往往的大多数依然是年轻人，刘予淇的迟到也跟两个月前一模一样，她的眼圈依然很红。我说："如果不想出门，跟我说一声就行，没关系的。"她摇摇头说："不，是我想来的。"我问："刚哭过？"她顿了顿，说："老样子，想要好起来，没那么简单。"我抬起头看了眼天空，云浮在半空，看着离我们很近。我说："今天天气很好，天气很好就是一个开心的理由。能开心一秒钟，就先开心一秒钟。情绪上来了，那等它来了再说。"刘予淇点点头。供灯的时候又刮起了风，烛火在风里显得形单影只，瑟瑟发抖。我小心用手护住，才让火苗燃了起来。这时候刘予淇已经供完灯回来了，她问我："你今天怎么这么慢？"

　　我说："今天风大。"

　　她笑着说："是吗？我倒是一下子就点好了。"

　　我点点头，笑着说："好兆头。"

　　刘予淇说："之前来的时候，我心里其实一直都半信半疑，因为来了很多次，生活还是那样。后来发现，其实相信不相信，都在我的一念之间，或者说，相信不相信都是一样的，我需要的其实是一个契机，一个让我重新前行的契机。生活已经很累了，总要想办法让自己不那么累。"

这时两个女生路过我们身旁,手里各拖着一个行李箱,步伐却很轻。我看着她们的背影,回过头对刘予淇说:"这么多人来这里,也是为了给自己一点动力、一点安慰。我们很多时候需要的就是一个继续向前的理由,所以,我们求的其实是勇气。只要我们还会想着来这里,就说明虽然常常遭遇失望,但我们还是会继续往前走,走下去。"

走出文殊坊的时候,依然是下午五点,天暗得越来越晚,我记得以前的这个点,太阳已经落山,而现在,夜晚似乎被它压了一头,在白天和夜晚的博弈中,白天占了上风。

我说:"去吃点东西?"

她说:"那就去吃钵钵鸡,我一直想吃来着,就是有点远。"

我说没事,两人一路走了四公里,走到将近六点半,我的手机几乎一次都没响过,刘予淇的也是。坐下后我说:"看样子你跟我一样,也逐渐没有朋友啦。"

她说:"反倒是最近这段时间,我才觉得自己有了朋友。"

我又问:"那个跟你表白的人后来还来过吗?"

她摇摇头,说:"很久没来了,反正以后也不会再见到了。这样也好。"

　　我沉默了会儿，才问："离开这座城市之后，接下来的日子准备怎么过？"

　　刘予淇想了一会儿，摇了摇头，说："我也不知道应该怎么过，还是先把眼前的事情做好再说。我还是没办法面对自己，但我觉得，总有一天我会学会直面自己的。"

　　我说："一个人去别的城市生活没关系吗？"

　　刘予淇说："没关系的，反正我来的时候，也是一个人。现在只不过换个方式，重新出发。现在想想，孤独好像也没什么好怕的，虽然情绪还是没法控制，但我这些年总还是有收获的，那就是我能保证自己不会被饿死。"

　　和刘予淇分别时，我把拍到的海棠花从微信里发给了她。

　　"刚拍的，我觉得发给你也挺好，"我对刘予淇说，"这样好歹你还能记住这里。"

　　"等我落地，就找个打印店把它打印出来。"刘予淇笑着说。

　　我说："好好照顾自己。"

　　她说："你也多保重，虽然不知道以后还能不能再见到。"

　　我说："总会见到的，我们又不是不回家，对吧，五一、国庆、春节，总会见到的。"

　　刘予淇莞尔一笑，说："如果我再一次走投无路了，说不定还会回文殊坊，到时候再跟你聊聊。"

我笑着说："好啊，对了，谢谢你那天叫我来文殊坊。"

我与刘予淇就此挥手告别。

我回到了日常的工作中，照常上班、下班和加班，一天喝三杯咖啡。我养的两只小猫越来越黏人，常常我刚到家，它俩就在门口迎接我了。我有时也会跟刘予淇聊天，说说话，虽然聊天的频率不算太高，她会跟我说起她在另一个城市的日常。她说自己还是会时不时地崩溃，尤其是在夜晚的时候，情绪低落到怎么也睡不着，觉得自己像是被卷进黑洞。不过她也会温柔地对自己说话，希望自己能放过自己。她又留起了头发，不管怎样，她还是喜欢自己长发的样子。接下来的生活或许顺利，或许不顺利，但她希望能找寻到自己的人生，如果暂时找不到，就过好每一天，答案说不定就藏在日子里。

我点开她的头像，点进她的朋友圈，她几乎不发任何东西。

但我看到她的个性签名，是那句，能开心一秒钟，就先开心一秒钟。

美好的事不会常常发生，但有时也会偶然遇到。

　　我放下手机，把两只猫放在我的一左一右，关上灯，打开投影，屏保是一片星空，恍惚间像是也点亮了我的黑夜。我等了一会儿，躺下的时候觉得能听到风轻轻吹过的声音，世界仿佛也跟着变得缓慢又安静。

　　美好的事，我也遇到了。

烟火

答案在你自己手里，别认命，
至少别认别人嘴里说的命。

一

十三岁的时候，我明白了一件事：权威并非建立在充分的理解和正确的引导上，而是建立在人多势众上。

让我明白这个道理的是我的远房表姨，虽然叫她表姨，但她只比我大八岁，在上一辈的亲戚里，也就我们的年龄还算接近。那天是春节期间的某一天，我正在院子里放烟火，连续放了三天，依然乐此不疲。烟火到半空中散开，像是花开在半空，这个比喻不是我自己想出来的，而是我表姨童家齐告诉我的。那时她就站在我身旁，我们的身影一半被淹没在烟里。我抬头看了眼这第一次见到的表姨，看到她的眼睛红了一圈。

我听我妈说起过一些关于她家的事，如果说每个家庭都会遇到一个分水岭的话，那我表姨公死的那天，就是我表姨童家齐所面对的分水岭。从那天起，她的整个世界就被劈成了两半，后一半的路就此变得险峻，难以前行。她母亲爱上了打麻将，没日没夜地打，那时童家齐正在上高中，好几次回到家，等待她的都只有空荡荡的房子。

我抬头问她："你为什么哭了？"

我表姨摸摸我的头，问："你喜欢烟火吗？"

我说："喜欢。"

她说："我也喜欢。"

我还是好奇，又问："你为什么哭？"

我表姨顿了顿，说："因为烟火太好看了。"

我说："你没有说真话。"

我表姨说："你怎么知道的？"

我认真地看着她，说："因为你回答的时候没有看我，你一直在看别的地方。"

童家齐没再说话，而是蹲了下来，帮我点最后一个烟火，火芯点着的时候我愣了一下，她一把抱住我跑到屋檐下，把我耳朵捂上又松开，我一动不动地看着一颗小火球升上半空，紧接着空中传来一声钝响，火球轰然炸开，烟火把天空染得五颜六色。这时她说话了，她说："因为我希望我能成为烟火，像花一样开在半空，在那一刻能被人看到。"

我看向童家齐，她一动不动地凝视着半空，眼睛里映射着烟火的色彩，脸上露着微笑，但她说的话，我一点都没能明白。

回到饭桌上的时候，我觉得气氛有点不对劲，因为春节的时候大家脸上应该都带着笑，大家应该都乐呵呵地说些吉祥话，再说一些我听不懂的事情。但眼下所有人都像是被冻成了一团，吃饭的动作很慢很机械，脸上没什么表情，也不说什么话。这时我听到了一句"白眼狼"，说话的是我那爱打麻将的表姨婆。

其实以前我挺喜欢我这表姨婆的，小时候去过她家，童家齐那时候在上学，姨婆就把她的玩具给我玩，也让我看电视。我也喜欢表姨公，那时候他在事业单位上班，还没有下海做生意。他长得斯文，戴着眼镜，一见我就笑眯眯地跟我说话，我依稀记得他声音很和善，还给我吃糖。就是他们的家我不太喜欢，房子有点小，椅子坐着"吱呀"响。家门前的地上也坑坑洼洼，到他家的时候正下着雨，害得我踩了一脚泥。很久以后我才知道，我爸是为了劝他不要放弃事业单位的工作才去找他的，我爸觉得我表姨公的性格太温和，做生意肯定会吃亏，在单位里熬几年也就出头了。那天他们说了很久的话，等童家齐快放学的时候，我表姨婆想着去接她，我们才跟他们告别。

不久后他们搬了家，我就再也没有去过那个小屋。再后来，父母聊天的时候偶然会提起他们家，说是生意做得不错，但是表姨公的身体越来越差，像是变了一个人。

我不知道表姨公到底变成了啥样，因为后来就只见到了表姨婆，但我觉着，表姨婆也像是变了一个人。尽管记忆有些模糊，但我肯定最初见她的时候，她绝对不像饭桌上见到的这样，眼里很空，脸上有什么东西让我看着害怕。

十三岁的那年春节，我还不知道她脸上让我害怕的东西到底是什么，直到后来又见了表姨婆好几次，才渐渐发觉让我害怕的是她的表情。她对我说话的时候，嘴角像是被什么东西吊住了似的，永远保持同一个弧度，眼睛虽然看着我，可又不像是在看着我，她的视线似乎始终很冷，冷到像冰一样穿过我的身体。

那句"白眼狼"一说出口，饭桌上就爆发了争吵，我爸妈充当和事佬，可表姨婆和童家齐两人你一句我一句，谁也不听劝。

她们说的话我听不明白，但觉得两边各有各的道理，否则她们不会争吵这么久。让她们最终停下来的，不是某一方说服了对方，而是其他人的介入。我看到饭桌上的所有人几乎统一了战线，听着一声又一声数落，童家齐红着眼离开了饭桌，不一会儿，我表姨婆也走了。

她说："麻将局，三缺一，你们慢慢吃。"

二

高二那年，我十七岁，有天上完补习课，我没有第一时间回家，而是骑自行车跟朋友到步行街去。那时候街上刚开第一家奶茶店，旁边的商场也引进了几家知名运动品牌。我到奶茶店的时候，正遇上我表姨婆。我看到她心里就犯怵，可撞见了也不能不打招呼，就迎面叫了声"姨婆"。她点点头，问："怎么放学不回家？"我说："跟朋友来这里喝奶茶，姨婆呢？"她说："约朋友打麻将，就在旁边茶座里。"我没说话，表姨婆用目光上下打量了我一番，突然问："小孙，现在上高几？"我回答说："高二。"表姨婆面无表情地点点头，又问："明年就该高考了，准备考去哪里？"

　　我说："想去北京。"

　　她的神情突然僵住了两三秒，说："北京好啊，北京好，好好准备高考。"

　　说完她又看了看我手里的奶茶，语气听起来有点含糊，说："年轻人喜欢的东西，我是越来越搞不懂了。"

　　接着她转身跟我告别。我看着她的背影，不知道为什么，第一次觉得她整个人像是小了好几圈。

　　到家后我跟我爸说起这事，他说："你姨婆不是一开始就这样的，其实她也是个可怜人。"

　　我妈说："就是早晚被麻将毁了，她这些日子问你借钱了没有？"

　　我爸一愣，赶忙说："问了，但我没借。"

　　我妈说："那就好，你别看只是打麻将，一晚上也能输个好几千块。再厚的家底，也经不起这么造。"

　　我爸说："人总得有个寄托，有人喝酒，有人打麻将，都是为了让自己摆脱痛苦。我单位里有一个人，老婆跟别人走了，每天他睁眼就开始喝酒，我们劝他戒，他也答应。可清醒没多久，又开始喝。我们问他知不知道不能这么喝，他也点头，把喝酒的坏处说得头头是道，脑子比我们还清醒，我们看得出他是真想戒。可怎么办呢，他还是接着喝，上班的时候有时都醉着来，现在工作也没了。你说她能不知道没日没夜地打麻将是坏事吗？她是没办法。"

我妈恼了，说："什么叫没办法，办法多了去了，能寄托的事情也多了去了。"

我爸叹口气，说："咱也没经历过人家经历的事。"又看我妈脸都气红了，赶紧找补说："领导，你放心，我绝无不良嗜好，我的精神寄托，也就是跟单位李大爷下下象棋。象棋总不能是不良嗜好吧。"说到这里我爸看着我，非常严肃地说："你还小，别碰麻将，知道吗？"

大年初四的时候，几家子又聚在一起。我爷爷叫上了我表姨婆，说是她一个人过年也怪冷清的。我问："我表姨呢，她没回来吗？"我爷爷哼了一声没说话，我爸摆摆手，说："回来了，又被你姨婆给气走了。"我爷爷说："年都不在家里边跟家人一起过，不像话。"后来在他和我爸的对话中我才得知，我表姨婆偷偷把老家的房子给卖了，就是我小时候去过的那间屋，没有跟童家齐商量。我说："这件事是表姨婆做得太过分了，要是我哪天回老家，发现你们把这间屋给卖了，我也生气，我也吵架，我也走。"我爷爷瞪着我，说："大人的事情你懂个屁，少插嘴，轮到你说话吗？"

那天我气得没好好吃晚饭，坐在桌边生闷气，饭快吃完了，我表姨婆才来，看模样像是遇到了什么喜事。家里人一问才知道，来之前她又赢了不少钱，一会儿把饭吃完，接着回去赢钱。我爷爷说："丽婷啊，你也老大不小了，不能再这么过活。"我表姨婆笑着说："我知道，把房卖了确实不好，家齐这次生气也算是有她的道理。我想好了，今天晚上趁手气好，赢几把大的，争取把房子再赢回来。"我爷爷说："别想着能不能把房子赢回来了，你就不该想着再打麻将，我给你介绍一人，老王家儿子，前年离的婚，孩子跟的他，他在市政府上班，明年搞不好能混个正科，年纪跟你也正合适。"我表姨婆说："我现在没心思也没时间想这事。"我爷爷"啧"了一声，说："他孩子也还小，今年刚小学六年级，你好好对人家，人家还能真把你当妈。你听我的，日子还得过，得好好过。"

我表姨婆没再说话，夹了口菜，我看不出她脸上的表情。

吃完饭，表姨婆没有去打麻将，跟我爷爷出了门。

三

　　我在大学毕业那年见到了童家齐，我当时不想回家，也不知道自己未来到底要做什么。大学四年过得稀里糊涂，专业是爷爷非要我选的，我自己谈不上多喜欢，也没有学明白，等毕业了，就真开始着急了。也不是没想过认真找工作，简历写了几十份，也投了十几家公司，可我大学谈不上有多好，专业也没那么对口，那些简历都石沉大海。这时候童家齐找到了我，说是我妈给她打的电话，正好也很久没见。我妈会给她打电话这件事让我挺诧异，因为在那些年的饭桌上，我表姨童家齐几乎成了一个反面典型，不着家，也不想着结婚，按照我爷爷的说法，是介绍的人一个都不见，鼻子长到了天上，也不知道一天到晚在忙活什么。这时候几个长辈都会不约而同看向我表姨婆，尤其是我爷爷，反应最大，眼神里的嫌弃藏都藏不住，接着几个人便一起发出一阵叹息。不知道为什么，在我听来，他们不是在为了童家齐叹息，而是为了自己。之后我表姨婆总说，别提她了，没什么好提的。这时候接话的是我爷爷，他总会看向我，反复说同一段话，让我不要学她，毕业了就回来，听家里的安排，这样才能过得好。

　　见我第一面，童家齐就说："我当年来北京的时候，也搞不懂自己要做什么，你别着急，一步一步来。"我说："表姨，我连第一步怎么走都没想明白。"她笑着说："在这里就别叫我表姨了，叫我家齐就行，我也比你大不了多少。你这么一叫，都把我叫老了。"

　　我表姨，不对，童家齐确实不显年龄，这一年我二十三岁，她三十一岁，可看起来跟我年龄也差不了多少。小时候我觉得人一过三十，精神面貌准走样，身材也一定会开始发福，这主要来源于我日常的观察，我见过我爸年轻时候的照片，怎么也没办法跟后来的他对上脸。

　　接着童家齐开口说："不知道第一步往哪儿走，就想着第一步不往哪儿走。喜欢的事情可能没找到，不喜欢的事情你肯定有。"

　　我愁眉苦脸地说："家齐姐，那我就这么叫了，也不管辈分了，主要是我现在连自己不喜欢啥都不知道。"

　　童家齐突然认真地看着我，说："其实你心里是知道的，你是害怕。"

　　我一愣，问："害怕什么？"

她说："害怕自己没有足够的力气挣脱它。"

她接着说："别人我不知道，但你肯定有害怕的东西，怕某种氛围，怕某种束缚，或者，害怕变成某种人。如果不想变成那样的人，你就不能按照他们的意愿活。不知道自己未来到底靠什么生活，就想办法先在另一个地方活下来，手头能做什么，就先做什么。只要你知道自己不想成为什么样的人，你就能不迷失方向。时间一天天走，你就离那个地方、那种氛围、那些人越来越远。世上最糟糕的事之一，就是某天突然发现，自己成了自己曾经最讨厌的人。"

我一愣，说："家齐姐，我这人确实没有这么明确，我是卡在中间的那种人，既没有特别喜欢的，也没有特别不喜欢的。你说的这方法可能对一些人有用，对我真的不太行。说到底，我没那么大动力。"

童家齐说："你没有说真话。"

我皱起眉，问："你为啥这么说？"

童家齐笑着说："因为你说话的时候眼睛没有看着我，一直在看别的地方。还有，那年你在院子里放烟火，连放了三天对吧，我一看到你的背影就知道了，你不是真那么喜欢烟火，因为烟火放完的时候，你还是抬着头，一直看着。"

我没说话。

童家齐又说："考大学之前，你跟家里人说，想考到北京，想离家远一点。但你爷爷死活不同意，你们吵了一整个夏天。"

我说："是我妈电话里跟你说的吗？"

童家齐说："你不知道你妈当时有多纠结，可又没法说服你爷爷，所以找我聊了好几次。"

我看着童家齐，脸上一半写着怀疑。

"都说这么多了，我再给你说个故事吧，听完你再自个好好想想，"她说，"故事就这么开头好了，假如说有这么一个人……"

四

假如说有这么一个人。

这个人出生在二十世纪八十年代初，出生在一个不知名的小镇。这个小镇很小，亲戚朋友都住得很近，最远的开半小时车也就到了。所以这个人出生的时候，一家子男女老少都来了，在那年头，这是全家族的一件大事。家里主事的人是这个人的爷爷，在产房门口的老人看起来比谁都紧张，奶奶站在一旁，嘴里止不住地向谁祈祷着。婶婶站在两个老人中间，对他们说："我们不是都找大师算过了嘛，这胎肯定成。"父亲在产房门口站着，说："两人平安就行，没什么比这还重要。"

这时候，产房的门开了，她出生了，护士说："是个女孩。"

护士把她抱出来的时候，还说了一句话："孩子出生的时候胎位不太正，产妇这两天也需要好好休养。"这句话，只有站在她身旁的父亲听见了。

那时候这个女孩还太小，听不到别人嘴里的叹息，也看不到她爷爷奶奶叔叔婶婶的表情。后来她问过她爸，她爸愣了一秒，说了句："你出生的时候全家都很开心，尤其是你爷爷，他第一个抱的你。"

小女孩很喜欢她的爷爷，因为爷爷象征着权威，全家人都得听他的。他好像也挺喜欢这个小女孩，老跟她说一些过去的故事。他说，家里再往上数三四代，还是个地主，家里还有用人。他还对小女孩说，他是她太爷爷最喜欢的儿子，他的几个姐姐根本比不上他，自己从小到大就是作为继承人来培养的。

说到这里，她爷爷似乎叹息了一声，说："要搁以前，这里的地都是我们家的。"小女孩问："那现在这些地都到哪里去了？"她爷爷半晌没说话，后来看着房子说："现在我们还有两间房。"小女孩问："那我长大了能当地主吗？"她爷爷说："现在没有地主了。"

但有时候这个小女孩也挺害怕她的爷爷，尤其是看到他和她爸妈相处的时候，她爷爷对着她妈妈总是板着个脸不说话，就算开口说话，也只有一些关于鸡毛蒜皮的数落。她也是在这时候，才发觉妈妈在爷爷面前似乎很渺小，连句反驳的话都没有，有一次她看到妈妈低着头，一声不吭，双手却握紧了拳，捏得很紧，指甲都掐进了手心。

她十岁那年，她的堂弟出生了，几乎是从一开始，小女孩就注意到了爷爷的变化。饭桌上他总是抱着堂弟，把好吃的都让给他。爷爷不再关注她了，不再抱着她讲故事，只有她的成绩还能偶尔引起爷爷的注意，但也就那样，那注意只是目光的轻轻一瞥。一年后，她跟父母搬了家，搬进了一个小屋子，屋子很小，椅子坐着"吱呀"响，门口是一块泥地，下雨的时候就变得坑坑洼洼。她想要搬回以前的屋子里去，那间屋子更大更新，那间屋子里还有她的童年回忆。可当她偷偷跑回那间屋子的时候，发现坐在窗边的，是刚满一岁的堂弟和婶婶。接着她看到了妈妈和爷爷，他们在争吵着什么，小女孩听到了自己的名字，下意识地就往他们身边走，她妈妈看到了她，一把抱走了她。那天晚上，她第一次听到妈妈哭。也是从那天起，她就很少能看到爷爷了。

她十四岁那年，她爸决定辞职做生意，说不能一辈子在老古板面前抬不起头来。她听到妈妈犹豫再三后还是说："好，我这辈子都在忍，都在受气，从一个家受到另一个家，也算是受够了，我跟你一起最后赌一把。"

她十六岁那年，就在一切即将好起来的时候，她爸出车祸死了，死神带走了她爸，也带走了妈妈的一部分。消失很久的爷爷这时候才重新出现，身边站着几个老人，女孩不知道他们整天都对着妈妈说什么，只是她妈从此以后像是变了一个人，常常盯着一个地方出神，眼神里什么东西都没有。妈妈没有对她说什么，但女孩忍受不了这漫长的沉默，她想起一件事，是她爸遭遇车祸前对自己说的，于是她告诉妈妈："爸爸曾经告诉我，等赚到了足够的钱，要带着一家人住到另一个地方去，要彻底远离现在这个家。"她妈妈咬紧了嘴唇，像是在看着她，又像是在回忆，说："你爸之前把家里所有本钱都搭了进去，你姥姥姥爷走的时候，也没给我留下任何东西，我们现在一无所有了。你别烦我了，我去打麻将。"女孩说："妈，我能赚钱，我能带你走。"她妈沉默了会儿，最后说话时的声音像是喃喃自语，她说："命，你得认。"

她二十一岁那年，春节假期回了家，去亲戚家吃饭，她妈妈说起毕业回来的事，她回答说："我要留在北京，过自己的生活。"她妈妈说："你一个人在外面能过上什么好日子？回来了，才能过上你该过的生活，听妈的，听家里人的，只有这样才不会吃亏。"她说："我以前偶尔也会这么想，但这些年远离了这个家，我发现还有另外一种生活，我发现也还有另外一种家庭。"这时候她不想在饭桌上再待下去，走到门口看着远房外甥在院子里放了好几束烟火，她走到他身边，跟他说了几句话。

"故事到这里就结束了，"童家齐看了眼窗外，回过头对我说，"答案在你自己手里，别认命，至少别认别人嘴里说的命。"

五

我记得是在二〇一五年再次见到我表姨婆的。

那一年她在街头开了家手机店，我路过店门口的时候，表姨婆叫住我，问我要不要换个手机，她新进了几批智能机，续航强，信号好，有需要安装的软件这里还能一起装。

我摇摇头，说："我现在的手机就够用了。"

我表姨婆拉我进门，说："手机要常换常新，不然就跟不上这时代。"

我看了眼这家手机店，看着像是刚装潢过不久，店面很大，门边贴着中国移动的广告。这时一个大学生模样的男生走了过来，进门就喊了一句"妈"。我表姨婆应了一声，把他叫到我身前，想介绍给我又有点不太好意思。我说："按辈分我应该叫他一声叔。"

那男生乐了，说："我这年纪就能被叫叔叔了？那他是我外甥喽。"

我表姨婆轻轻拍了拍他的肩膀，又不好意思地笑笑，说："辈分就是这样。"

接着我表姨婆就跟她儿子乐呵呵地说起了话，店里又来了几个顾客，她就顺势招呼生意去了。我觉得也到了该走的时候，临走的时候我问："姨婆，你现在还打麻将吗？"

我表姨婆头都没抬，说："不打了，早不打了，谁还打麻将啊。"

我又问："姨婆，你信命吗？"

我表姨婆一怔，抬起头时一脸疑惑，笑着问："你说什么呢？"

我说："没事，我就是随便一说，姨婆，你忙你的。"

我看着表姨婆一脸笑容地跟顾客介绍起新进的 iPhone（苹果手机），觉得她看起来似乎又充满了活力，眼神不再冰冷，十三岁那年我见到的表姨婆好像从未存在过。

我没来得及跟她说童家齐马上要结婚的事。

我不知道她知不知道这件事，她也没问起童家齐。

其实我很想告诉我这表姨婆的，我表姨，童家齐，没认命，没有因为你们说她不可能会过上好日子就回来，也没有听从你们的安排随便找个人结婚。她过得很好，一个人的时候很好，两个人的时候也很好，她不是你们嘴里说的反面典型，从来都不是。

六

我表姨，童家齐，是在二〇〇一年去的北京。

那年她还不满二十岁，考上了北京的大学，一个人拖着行李箱，拿着蛇皮袋子就踏上了去往北京的火车。她说那时候不像现在有高铁，去北京得坐绿皮火车，车站管得也不严，送站的人能一路跟到火车边。那时候也不会有那么多人都能去北京，车站里都是跟她差不多年纪的学生，每个人都在车站跟家人告别。只有她一个人默默地坐在车窗边，看着窗外的天，想着应该不会有人来送她。

那时候她恍惚间看到了人群的最外边好像有一个熟悉的身影，但转念一想，她妈妈现在应该正在打麻将。后来童家齐问过我表姨婆那天到底有没有来送她，我表姨婆说："你走的那天，我打了一整夜麻将，谁还能起个大早。"童家齐又问她为什么能那么清楚地记得是哪一天，我表姨婆愣了一下，又说："那是因为那段日子倒霉，一直在输钱，就那一天赢了钱。"

童家齐说，坐在绿皮火车里的时候，她的心情其实很矛盾。一方面她想着自己终于可以去北京了，既紧张又兴奋；另一方面她也居然会觉得不舍，或许是等到要走的那天，哪怕是自己不喜欢的东西，也变得值得怀念了。但她告诉自己，改变命运的时刻不多，这次她一定要勇敢，哪怕未来都是未知的，她也要用力抓住。

童家齐还说："我来北京后就哭过一次，不是刚来北京的时候，也不是大学毕业那一天，而是在北京实习的日子。"她说那次哭是在自己急性阑尾炎，痛得都快晕过去的时候，她突然听到了她爸的声音，是那声音指引着她爬起来去医院，指引着她一步步走下六层楼，指引着她在四楼转弯的时候要小心，那里的灯泡坏了，要看清楚台阶，慢慢走，别摔了。

她说起这些的时候，正赶上她结婚的前一周。

我问她："是因为听到你爸的声音，所以哭了吗？"

童家齐说："不仅仅是，我还想到如果我爸在，他肯定不会让我受一点委屈。我还想到，如果我爸还在，我在那个家里就不至于是个彻底的局外人。"

我摇摇头说："你从来都不是局外人，小时候要没有你，我怎么也点不着那烟火。还有，要不是你，我可能也不会真留在北京，早就放弃了。"

她说："这么多年我也没具体帮过你什么，你能留下来，是因为你自己。"

我说："因为你跟我说过，别认命，至少别认别人嘴里的命。还因为你跟我说过一句，想要变成烟火，这句话在我心里扎了根。后来我所有的选择，其实都是顺着这句话做出的。我现在想想，早在我懂得什么叫选择之前，我就走上如今选择的这条路了。"

童家齐笑了，说："这句话对你影响这么大啊？"

我说："其实我有个故事没告诉你。

"我之所以会在那天一个人在院子里放烟火，是因为我讨厌我爷爷。我讨厌我爷爷对奶奶的态度，我讨厌那个家的氛围。我爸工作忙，在我很小的时候就离家，我妈在医院里工作，基本上我是被奶奶一手带大的。我爷爷跟我奶奶的关系一直不好，具体原因我长大以后才知道。说是本来结婚前我奶奶家能帮到我爷爷，婚后却出了变故。从此我爷爷就没跟我奶奶好好说过一句话，七岁那年我听到我爷爷奶奶在吵架，我爷爷说：'要不是当初跟你结婚，我也不至于跟隔壁老李差得那么远。你看看他现在，你再看看我现在。'我奶奶说：'那日子就别过了。'我爷爷说：'你以为这日子我想过吗？'我奶奶说：'这么多年，你还在计较这些。'我爷爷的声音变得不耐烦，说：'就是因为这么多年，我才得一直计较，行行行，快做饭去。'

"这些话在我心里扎了根，我不明白为什么这么一个人，能成为我们家里的主心骨；我也不明白为什么我爸妈这么多年从来没有站在我奶奶这边。

"所以我讨厌那个家，我讨厌过年，因为过年的时候总得回去，如果能选，我宁可一个人在别的地方吃饭。

"我十二岁那年冬天，我奶奶没能撑过去，她对我说的最后几句话，就是让我照顾好身体，未来随便过成什么样都行，但要按照自己的本心去选择，别听我爷爷的，他给我灌输的，是他自己想做又没做到的。我不用背负这些，以后，奶奶会变成星星一直看着我。

"十三岁那年春节，我在院里连续放了三天烟火，就是因为天上一颗星星都没有，我不想一直看不到我奶奶。"

"你说得对，其实我一直害怕变成我爷爷。"我说。

七

我想那是在二〇一九年的春节，我回了趟家。

我表姨婆的手机店在两年前就关门了，说是专卖店开在了我们这座小城，前几年店也开得挺好，不用也不想再干了。她儿子，我表舅，在两年前结了婚，孩子现在刚满一岁。聚会的时候，我这远房表舅突然提起我表姨童家齐来，说，他几年前见过自己这个异父异母的姐姐，那时候就觉得他姐不一般，看着应该在北京混出了点名堂。

我说："你说这个干什么，你妈呢，我怎么也没见她？"

我表舅说："我妈打麻将去了。"

我说："你妈又开始天天打麻将了？"

他说："我知道我妈以前爱打麻将那事，也知道她把房子都输了进去。你放心，现在又不是以前，查得可严了。我妈也早改邪归正了，现在都是几个阿姨打着玩。我问起我姐，其实还是我妈的意思，老人家想着，是不是可以改天去北京聚一聚，或者让我姐回来一趟。"

我说："这件事你让她自己打电话给你姐说，什么年代了，还能联系不上吗？"

我表舅说："我妈说实在太久没联系了，没脸给她打电话。"

我顿了顿，说："那就先这样，其实也挺好的。"

一阵沉默后，我表舅突然问："我姐生孩子了没？"

我摇摇头。

我表舅接着说："我姐比我大十几岁，我都生孩子了，她怎么还不生？"

我说："这是你姐和你姐夫的自由，她想生就生，你又不是她，又不是你生孩子。"

我表舅听出我的语气，赶忙说："这件事也是我妈让问的。"

我皱起眉问："你妈的意思是要让她赶紧生孩子？"

我表舅看了眼饭桌另一头的几个长辈，又躲避着他们的目光，轻声对我说："不是这个，我妈的意思是，暂时不想生也没关系，就是别拖太晚了，有什么就跟家里人说。"

我可能"呵"了一声，也可能没有做出任何回应。因为下一秒天空突然出现灿烂的烟火，一会儿红，一会儿绿，一会儿白，像是所有颜色的花朵，都盛开在半空。

这一刻我知道，从一开始，我们都不用变成烟火，也应该被看到。

萤火虫

我没能找到那只闪着光的萤火虫，
童年似乎也随着它的消失离我远去。

很久以前，我觉得家门口街道的最西边，一定是世界的尽头。因为所有的车开到那里后会转一个弯，从此再也没有出现过，也因为太阳总是从小镇的东边升起，再从最西边落下。天黑以后我往那边看，一片漆黑，什么都没有。那时候我大概六岁，又或者是七岁，还没有能力走完我眼前的街道。直到一天，奶奶说要去那里拜访一个老朋友，我才有机会去那里看看。我边走边惊异地发现，原来路是走不完的，我以为的尽头，不过是下一条街道的起点。

我们走得很慢，也走得很远，下午两点出发，三点半才到。我之所以会把时间记得这么清楚，是因为一路上我都缠着奶奶问，到底还要走多久。奶奶总说，快到了。真到的时候，我才发现走了一个半小时，早已经满头大汗。奶奶见到老朋友，两个人说了很久的话，我觉得无聊，就坐在小房子外边看蚂蚁搬家。蚂蚁搬完了家，我就跑到房子外头的田野里玩，我记得那时候田野里种着菜，但我最喜欢找的是田野边缘的狗尾巴草。我喜欢折断狗尾巴草，然后用它去逗奶奶，因为狗尾巴草拂过脸庞的时候会让人觉得很痒，我喜欢看奶奶笑。那天我也想找这么一根狗尾巴草，可怎么也没能找到，我就往田野深处跑。奶奶她们坐在门口，对我喊："不要跑太远。"我也喊着回应，说："知道了。"

我也是在那天才知道天到底是怎么黑的。以前我总是觉得天是一下子变黑的，像是有人给天空迅速蒙上了一层布，再戳几个洞，透出点星光来。那天我在田野里走着的时候，正是黄昏，我忽然发现天是慢慢变黑的，天变黑的过程，其实是蓝色变深的过程，浅蓝色先是变成深蓝色，深蓝色又变成藏青，最后才会变黑。太阳也不是一下子就落下的，它在下山前会在空中停留会儿，像是恋恋不舍，等到不得不走的时候，才会一下躲到地平线下去。即使它已经悄悄地走了，也会留下很久的余晖，把天空染得通红。我就是在太阳落下后的余晖中，看到了一只小小的萤火虫。

　　我发现它的时候，它离我很近，一闪一闪地发着绿光。这是我第一次看到萤火虫，兴奋地回头大喊，跟奶奶说我的新发现。没想到这一喊让萤火虫发现了我的存在，等我再回过头，它已经飞到了我的前头，闪着的绿光变得忽明忽暗，若隐若现。

　　于是我三步并作两步往前赶，可萤火虫比我想象中聪明得多，我往前跑两步，它就也往前飞两步。我手向前一挥，总是差那么一步。加上白天走的路实在太多，这时候我已经没了力气，气喘吁吁。萤火虫似乎是意识到了我的疲惫，突然飞了起来，在我眼前绕了两个圈，又转身飞走了。它飞走的时候，我觉得那绿光变得很强烈，很刺眼，像是直接印在了我的脑海里。我伸出了手，最后想要抓住它，却只是扑了个空。

　　我回到小房子的时候，满脸是泥。奶奶边笑边问我："怎么搞成这个样子？"

　　我说："都是为了抓萤火虫。"

　　她说："萤火虫？我都好久没看到萤火虫啦。"

　　我说："奶奶，刚才我回头喊的时候，你没有看到吗？"

　　奶奶说："我听到你喊了，不过没听清喊的是什么，奶奶什么都没有看到。"

这句话顿时让我泄了气，我见到了那么珍贵的萤火虫，可没有其他人也见到它。我跑去几个邻居家问，那时候家家户户都开着门，邻里街坊即使不认识，也都会有耐心，很和善。几个阿姨认真听完我说的话，都说刚才没看到萤火虫，接着像是为了安慰我，说以前可能看到过。

天空渐渐走进暮色，小屋子前的路灯亮了起来，昏黄地照在泥地上。奶奶拉着我回家，拉着我回那个我不想回的家，回到那个只有争吵的家，我边走边回头看向一片漆黑的田野，心想，下一次一定要抓住那只萤火虫，给所有人都看看。所以从那天起，我就天天缠着奶奶，一定要再来一趟。奶奶也愿意，前前后后带着我又来了好几次。可头几次我都没有看到萤火虫，我心想，肯定是时间不对，于是掐着点，等到太阳落山的时候，我再走到那片田野里。结局是除了搞得满脸是泥以外，我依然一无所获。于是我又想，一定是因为我的步骤不对，我告诉奶奶，下次再来，一定要按照那次的步调走，从两点走到三点半，一分钟都不能差。奶奶笑着说："傻孙子，哪儿有人可以走路永远一个速度的？"可我不依不饶，终于在一天如愿在三点半赶到了那间小屋。三点半后我又在小屋子前看蚂蚁搬家，看着又到了黄昏的时间，再往田野里走去。我想着不能一下子就去找那只萤火虫，那样步骤不对，我得先去找狗尾巴草。可我依然没有看到那只萤火虫。

　　我不知道自己做错了哪一步，于是一遍遍地回忆那天的情景，一遍遍地试图复制那天的行动轨迹。直到第二年的春天，我突然想到了，一定是因为那之后的天气都不对，便缠着我奶奶再去一次。奶奶很诧异，说："怎么都过去一年了，还没忘掉那只萤火虫？"我说："那是因为它是我见到的第一只萤火虫。"奶奶说："要不然我去市集里给你淘一只回来，说不准有卖的。"我摇摇头，同时有点生气，说："在市集里买的，跟我在田野里偶遇的能一样吗？"奶奶没有办法，又带我去了一次。这一次我按照记忆里的所有步骤走了一遍，就连天气我都有把握跟那天一模一样，可我走到田野的中间，依然没能看到那只萤火虫。

　　那天我很颓然地走回小屋子，整个人闷闷不乐。这几趟下来，我几乎成了这条小街的小名人。几个阿姨看到我的模样，就知道我肯定没找到萤火虫，把早就准备好的糖放到了我手里。

　　其中一个阿姨说："没看到萤火虫也没关系，吃糖，糖也很好吃的。"

　　那时候我一门心思都放在萤火虫身上，心不在焉地打开了糖纸，把糖放进了嘴里。

很多年以后，我又回想起那天，才发觉那颗大白兔奶糖是真的很好吃。但我不记得有没有跟那个阿姨说一声谢谢。

我没能找到那只闪着光的萤火虫，童年似乎也随着它的消失离我远去。

很多年以后，我告别了那片田野，告别了那条街道，来了北京生活。日子从跟在奶奶身后，边走边跟路边小屋里的阿姨笑着说话，变成了戴着耳机坐着地铁奔赴一站又一站，眼前只有一张张闪过的广告牌。可我始终没能忘掉那只萤火虫，虽然不会时常想起，可还是觉得心里像是有根刺，在提醒我，我曾经见过一只萤火虫，它发出过那么灿烂的绿光，像是天上的星星掉了下来，那是我童年里为数不多的闪光，而自那以后，我连哪怕一只萤火虫都再也没见过。

三十岁生日的前一天，我很晚都没有睡着，倒不是因为生日才睡不着，而是因为失眠几乎成了我这段时间的常态。我开着所有的灯，走到窗边，忽然有种特别的感受，北京不是我的故乡，可我的故乡也不是现在的故乡，我竭尽全力地往前走，却又一次次不自觉地陷入回忆。然而我似乎没办法回到原点，回到回忆里去，我所拥有的东西都是过去式的，而时间又把过去变得面目全非，回过神来，我眼前既无去处，也无来路。这时候我又突然想起了那只萤火虫，打开手机想看看有没有类似的故事，却意外地看到一条关于萤火虫的科普。

一个毫无感情色彩的声音说着：萤火虫的寿命不长，通常为三到七天，一周左右便会进入死亡的状态，只有在极少数的情况下才能活十到二十天。

我的大脑突然一片空白，下一秒所有的回忆都涌上心头，画面里是那片我摔过一次又一次的田野。

原来是这样。

原来我花了一整年的时间，苦苦追寻的那只萤火虫，追寻的那道绿光，从一开始就只能持续一个刹那。往后我的所有寻找，竟然都是在寻找一个幻境。我想再次邂逅的那只萤火虫，可能早就消逝在那片田野里了。即使我之后的所有步骤都对，也注定没法再遇到同样的一只萤火虫。我忽然想起它飞走前的那道绿光，那光芒似乎就是在与我告别。

我关掉手机，躺回床上，任由记忆一个接一个找到我。

我突然意识到，我回忆里的大多人大多事，都像这只萤火虫。

也只有在将这件往事写下来之后的此刻，我才能够清晰地看清自己的心情，我终于学会了面对回忆和告别的正确方式。

当我不再执着地复现往事时，往事才因此成了永恒。那只萤火虫成了我的记忆，永远停留在那个黄昏，直到我接受了"停留"的事实，它就成了我前行的燃料。

我已经不再需要去寻找它了。

我的朋友
张一凡

这世界有时候确实很糟糕，
但还有美好的东西存在，
值得我再往前走一走。

一

小时候我家附近有一条河，阳光最好的时候，照得水面波光粼粼，树影在水里轻轻摇晃，风吹过脸庞，温和且柔软。河里还停泊着许多渔船，我奶奶会在河边洗衣服，上游的不远处有鱼塘。奶奶说，整座城市依水而建，许多人都靠这条河生活，它是我们的母亲河。不过我却不太喜欢这条母亲河，因为我的篮球曾经掉进过河里，我自己也差一点掉进河里。

那是很多年前的事了，一天放学，我一溜烟跑到小卖部，从书包夹层里掏出皱皱巴巴的二十块钱。在别的小朋友买弹珠或者去旱冰场玩的时候，我硬生生哪里都没去，忍住不去玩，就是为了买小卖部里最便宜的篮球。我兴奋地边拍球，边往家走，心里还盘算着要怎么跟父母交代这个篮球的来历。不过这个问题很快就不重要了，在路过一个台阶的时候，我没掌握好方向，篮球砸在台阶边上，像导弹似的往河里跑。张一凡这时恰好路过，看到我追着一个篮球跑，瞬间就明白了怎么回事。他是学校里的运动健将，跑步经常拿第一，一眨眼就把我甩在身后，可即便是这样，也还是没能追上那个篮球。我们眼睁睁地看着那个篮球掉进了河里，浮在水面上，越漂越远。

那时我还小，不知水深浅，撩起裤脚就想往河里去。张一凡最开始没明白过来是怎么回事，下一秒一把将我拽住，说："你知道这河有多深吗？"

我说："我不管，我要拿回我的篮球，你不知道我花了多少时间才攒够的钱。"

张一凡的手抓得很紧，他说："没事，我家还有个篮球，我送你好了。"

我听完一愣，说："那你自己呢？"

他爽朗地一笑，说："反正我爸妈也不让我打，他们早就想把那球给扔了。"

我一路跟着张一凡，绕一公里过了桥，他家住在河对岸，不知道为什么，他父母不怎么跟小镇的人相处。小镇很小，家家户户几乎都认识，邻里都很热心，逢年过节都会互相照应。不喜欢与人相处，在我们小镇算是个怪癖。所以走到一半的时候，我心里开始直打鼓，想着如果被我爸妈知道，肯定又要被问东问西。接着我想起班里流行的传说，说他家养了只大狗，见人就咬，说他父亲脸上有道疤，见到小朋友就一顿责骂，说哪怕只是路过他家也最好绕道。可我又心心念念想要篮球，就这么一面犹豫着一面往前走，不知不觉走到了他家门口。院里没有大狗，他父亲见到我，虽然严厉，不苟言笑，但也没有责骂我，反倒爽快地把篮球给了我。

这时我看了张一凡一眼，发现平日里总带着笑的他，现在却一点笑容都没了，眼里写着落寞。

我知道他是舍不得这篮球，临走时我悄悄跟他说："这篮球我只是替你保管，想打的时候随时叫我。"

他看看我，又看了眼篮球，认真地点了点头。

二

最初的时候，我们在学校里并不怎么经常接触，一方面是因为他在隔壁班，另一方面是因为他在学校里不受欢迎。那时候我是个异常害怕孤独的懦弱的少年，心想自己的朋友必须越多越好，下课的时候，周围的人越多越好，为此我必须让大多数人都喜欢我。但篮球的友谊必须继续，周末的时候，有机会我总会叫上他一起打球，随着接触越来越多，我越发喜欢这个朋友。他跟我同岁，比我聪明几十倍，我还在为了数学题挣扎的时候，他已经研究起了奥数。他个性也好，即便成绩优秀，也从不在我面前炫耀，更不会骄傲自满，我在他身边没有感到一丝压力，反倒觉得轻松。

我也很少能见到他生气的样子，除了改变他人生的那一次。

我记得那时候我们刚上初三下学期，正全力准备应对中考。一个平凡的周三，我的同桌王朵朵收到了一封匿名情书，那封情书就摊在她桌子上，她还没到学校的时候，就被好事的人发现了。流言迅速传开，即使王朵朵自己都不知道写情书的人到底是谁，即使从头到尾就没有人站出来说是自己写的，流言所描述的故事却有鼻子有眼。有人说，在上周六的时候看到王朵朵跟别人约会；有人说，就在步行街的奶茶店里；有人说，哪里是什么奶茶店啊，奶茶店旁边不刚开一个桌球厅嘛，那里多隐蔽。流言越传越广，简直像是具备自己的生命力一般，传播的人越多，细节就越多，听起来似乎就越真实，时间地点，甚至对方的名字都有了。那天下着雨，本来要跳的广播体操临时取消，我们平白多了十五分钟的课余时间。没有什么比传播流言更好打发时间的了，张一凡就是这时候听到的流言。

他平日里从来不管别人的闲话，那天却站出来说："上周六我跟王朵朵一起上的奥数班，她妈来接的她。"

说闲话的几个人愣了几秒，随即爆发出哄笑声。

张一凡说："我不明白这有什么好笑的，如果说有什么好笑的，也就只有你们自己。"

哄笑声停了片刻，随后又变得更大声，那几个人把矛头转移到张一凡身上。

"该不会你喜欢王朵朵吧？我就说怎么会有人看得上她，我知道了，给她写情书的人是你，跟她约会的人也是你吧？"

"也是，你们两个都这么孤僻，正合适。"

"对对对，张一凡他全家都孤僻，怪人配怪人。"

我站在走廊的另一边，这时才察觉到不对劲，赶过去的时候却听到了叫好声，张一凡跟他们扭打在了一起。

事后我了解到来龙去脉，可没来得及跟张一凡说上一句话。放学的时候，我在那座桥边等他，他看到我的时候先是一愣，随后又笑着说："我没事。"

我也不知道该说什么，拿出篮球，说："打两把？"

他摇摇头，说："作业没做完。"随后他跟我告别，我看着他的背影，看着他背着书包走路的模样，想起学校里人们对他的议论，想着刚才映在我眼里的无助的眼神，突然一种情绪涌上心头，我大声说："张一凡，我相信你说的话。"

他先是在原地僵住，然后缓慢地回过头，看起来一时间有点不知所措，接着他脸上忽然绽放出笑容，那笑容里的意思我一时间没能理解，所以愣在了原地，回过神后，我向他挥了挥手，我们就此告别。后来我才明白，那是一种得体又善解人意的笑容，那意思是对我刚才所说的话，他一半是感谢，一半是宽慰。后来我才明白，他为什么会露出那样的笑容。

第二天，在经过老师办公室的时候，我听到了剧烈的争吵声，争吵声从课间持续到上课，一直没停。我看到班主任走进教室打断数学老师，我看到班里的几个同学一个个被叫出去，我看到王朵朵也被叫了出去，过了一会儿又跑着回来，她回到座位的时候，我看到她浑身颤抖，脸涨得通红，双眼也像是红了一圈。我轻声问："怎么了，没事吧？"我刚问完，她就趴在桌子上哭了起来。

接着班主任直接叫停了数学课，临时开了个班会，通报批评了几个人。

我看到那些人被点到名字的时候，依然一脸不屑的样子，几个人窃窃私语。

这时候我突然听到王朵朵大声喊了句："我怎么惹你们了！你们这群流氓。"

班里顿时鸦雀无声，那时的我还不知道，还有新一轮的风暴等在后头。

就在这天下午，放学回家，张一凡在快走到一楼的时候，从楼梯上摔了下来，一路趔趄，鼻子撞在了花岗岩上。那时候我在班里打扫卫生，听到楼下一阵骚动，跑下楼的时候，看到张一凡捂着鼻子，血从他指缝里一点点往外滴，滴在他衣服上，滴在地上。我大喊了一声冲过去，跟老师一起把他扶上车，到医院后老师让我先回家，可我一整晚都没有睡好。第二天到学校就问老师张一凡的情况，老师说："还好没有伤到眼睛，伤口也不深。"我问："张一凡在哪儿？"他说："还在医院，如果你想要去看他的话，等放学了老师带你去。"

这时候他突然抬起头，问我："你们关系这么好？"

我说："是的。"

老师疑惑地问："怎么平时没看出来？"

我脸一下涨得通红，咬着牙攥紧了拳头，跟老师说了句"再见"，跑回了教室。

那天晚上，去医院的人是我跟王朵朵。我看到他爸铁青着脸，说："一定要找到人负责。"我听到他妈妈说："我家孩子明明什么都没做错，凭什么遭遇这样的事？"

老师说："我们一定会找到人负责，但孩子就别管这件事了，还有一个月就要中考，先考完试再说。"

我看到张一凡鼻子上缠着厚纱布，嘴唇咬得很紧。

再回到学校的时候，他的鼻子上多了一道显眼的疤；再回到学校的时候，他把自己扔进了题海，几乎不离开座位，把自己变成了影子。这之后又过了半个多月——六月，我们迎来了中考，张一凡就此消失在我的视野里。中考结束后，我跟王朵朵约了好几次，约着去桥边等张一凡，可每次等到天全黑，也没能见到他。

去他家的时候，屋子里的灯也是黑的。

王朵朵说："都是我害的，都是我害的。"

我说："这件事跟你没关系。"

王朵朵说："是我太懦弱，我应该一开始就站出来。"

我重复了一遍，说："这件事跟你没关系，你本来就没做错任何事，真要说起来，懦弱的人是我。"

王朵朵抬起头看着我，像是不明白我为什么会这么说，接着她看了会儿河岸，自顾自地点点头，说："我们在这儿说个什么，要负责的人应该是他们。"

可没有人负责，没有人为王朵朵负责，也没有人为张一凡的摔倒负责。事情发生的时候，大家都像往常一样一股脑地往校门外跑，没几个人真的目睹了事件的经过，在场的人又说什么都没看清，几个怀疑对象也都默契地不松口，最后只能不了了之。

我考上市里的高中，在那个夏天要结束的时候，我最后一次去找了张一凡。我知道他一定知道我在找他，因为前几天我放在他家门口的篮球，不知道什么时候被人拿走了。我确信那是张一凡拿走的，他一定看到了这个篮球。接着到了开学的前一天，我坐上车离开这座小镇，心里没有一点留恋的感觉。我心想："张一凡一定能考上，我们会在新的天地再见。"

我却没能在新的学校里见到他。

三

高二时的一天下午，我收到了一封信，是张一凡写给我的。

我不知道他为什么会知道我具体在哪个班级，但兴奋让我顾不上那么多，这位跟我失联将近两年的朋友，终于传来了他的消息。看完信后我立刻叫上了王朵朵，跟她说起张一凡的近况。

我说："张一凡给我写了信，原来他在中考完就跑苏州去了，现在在苏州市里上学。"

王朵朵的脸上终于绽放出笑容，她像是终于浮出了水面，接着问我："那他什么时候回来？"

我说："他好像是直接搬到苏州去了，可能很少有机会还能再回来，也好，就别回来了。"

王朵朵说："要不我们去苏州找他。"

我想了想说："那等假期我们一起去。"

可我们还是没能见到他，每次我在信里提起要去看他的事，他在回信里总是推托。不过好在跟他再次取得了联系，我们又还是高中生，去苏州的事可以毕业再说。从他的信件里，我猜想他过得应该还不错。他总是事无巨细地写在学校里的事，说，这里的人都很不错，交到的几个新朋友对他也很好。

有一次我在信里问："你鼻子上的疤怎么样了？"

他回："我戴上眼镜，没人看得到，即使有人看到了，也没人问。"

我的朋友张一凡在新的天地里开启了新的世界，我也开启了自己的新世界。考上市里的高中后，我跟班长成了朋友，因为他总能让我想起张一凡，两个人一样成绩好，一样爱打篮球。然而我们的友情还是猝不及防地迎来了破裂。

那时候学校收到的信会放在一起，张一凡写给我的信自然也在其中。一天早上我刚到班里，就发现自己的信被人拆开过，我没有怀疑班长，但还是想着先问问他，因为他是负责分发信件的人。当我找到班长的时候，他们一行人正聚在一起，看着隔壁班的女同学。我走到他面前，问他知不知道是谁拆了我的信。他笑着说："这我怎么知道？"我说："你下次直接把信放我桌子里，别让别人看到。"他脸上依然挂着标志性的笑容，说："你的信就这么宝贵吗？"这句话让我一愣，我心里蓦然升起一种怀疑，但还是觉得不是他干的，只是试探性地问了句："该不会是你拆的吧？"

我不知道为什么他立刻就爆发了非同一般的愤怒，跟平日里简直判若两人。

他先是说："你的信有什么好看的？里面是有金子吗？"然后又说："就算是我拆开的又怎么样？我看班里也就只有你会常常收到信，怎么？都这年头了，还偷偷交起笔友来了？"

我根本没想到他会说出这样的话，强装镇定，解释说："这封信是我最好的朋友寄来的。"这时候他突然变得不屑一顾了，下一秒他又变成了那个彬彬有礼的少年，跟身边的人有说有笑。当我发现没有人还在意我在说什么的时候，我的尊严变得不值一提了，就仿佛我再多说任何一句，都会变成一种自讨没趣。

那天下午，我心里产生了一种莫大的屈辱感，坐在课桌前，我一直犹豫要不要在信里跟张一凡说起这事，但最后什么都没说。

从此我明白了一件事，所谓朋友，不是跟你日常最靠近的人，而是能发自内心尊重你的人。这个感悟让我在后来的许多时刻都走向了孤独，但我一点都没觉得可惜。直到今天我可以确切地说，有些人从一开始就注定渐行渐远，只是相遇的时候彼此都还没能意识到，而另一些人即使偶尔走远了，也总能回到同一条道路上，这样的人虽然不多，但有一两个，也就足够。

我就在这样的环境中迎来了高考，迎来了和张一凡再次见面的那个夏天。

四

市区的正中央是一条步行街，步行街街头矗立着一座铜像，在我还小的时候，这条步行街就一直热闹，人来人往。步行街的正中央是一家新华书店，书店对面是电影院，不过我对这两个地方都没什么兴趣，我要去的是步行街后头的篮球场。高考结束的第一个月，我三天两头就往那个篮球场跑，幸好天热，打球的人没那么多，我总能抢到好位置。跟我一起打球的还有几个不认识的人，也都是刚高考完的学生，来自别的学校。我的篮球技术还算不错，五局里面总能赢三局。一天对手里有人问："你是从什么时候开始打篮球的？"

我说："从小就开始打了。"

他又问："因为姚明进了 NBA（美国职业篮球联赛）？"[1]

我点点头，又投了个篮，说："不全是，还因为《灌篮高手》，不过我还是最喜欢湖人队。"

他突然乐了，说："我认识一个人，跟你的技术差不多，也是从小就打球，跟你喜欢上篮球的原因也一样，最巧的是你们还都喜欢湖人队。"

我问："那我怎么从来没有在篮球场上见过他？"

他也疑惑，说："以前老聚在一起打球，也是怪了，现在时间多了，他反而不见了。"

我没当回事，直到在他们的对话中听到了张一凡的名字，脑袋瞬间嗡嗡作响。我大喊："你确定那个人叫张一凡吗？"他点点头。我又大声问："你们以前总是一起打球？都什么时间打？"他说："就周末啊，你认识？反应这么大。"

后面他说的话我就听不清了，因为我突然意识到张一凡这些年很可能从来就不在苏州，颤抖着给王朵朵发了条信息。

---

[1] 2011 年 7 月，姚明宣布退役。

　　不到半小时王朵朵就到了，她的脸色跟我一样苍白，接着她站起身，事无巨细地跟我复盘张一凡在信里跟我提到的事，却也跟我一样看不出任何破绽。我转过身问和我打球的那个人有没有张一凡的联系方式，那人说没有，不过可以去张一凡学校找他。我们这才回过神，跑到街口打车去这座城市另一头的一所高中。那时候高考成绩刚放榜，校门口贴着喜报，我们从前往后看，在倒数第三行才看到了张一凡的名字。他考上了南京的大学，我知道这不该是张一凡的真实水平。我回头看了眼王朵朵，她跟我对视一眼，眼神里同样写着担心。那天后来的事我已经记不清了，只记得我们失魂落魄地找到门卫，又千方百计地找到了一个老师，最后才终于找到他的班主任。班主任说："张一凡刚来学校的时候，他的事情我就听说了。"我们问："他在学校过得怎么样？"班主任说："高一的时候很糟，在班里一句话都不说，害怕跟人接触，高二的时候好了一些，但成绩不知道怎么回事，还是上不来。"我们最后问班主任有没有他的联系方式。班主任翻了翻手机，念了一个电话号码，说是他妈妈的。

　　我给阿姨打电话，她最初还以为是哪个老师，又问我是谁，我一描述，她就立刻想起了我是住在河对岸的那个人。我们说了几句，她就把张一凡的电话号码给了我。

　　这时候她突然说："我要替张一凡谢谢你。"

还没等我再说话，张一凡他妈妈就挂了电话。

我跟王朵朵在第二天坐车回了小镇，走到那座熟悉的桥，终于看到了那熟悉又陌生的身影。远远看到张一凡的瞬间，王朵朵就哭了，我不知道她具体想到的是什么，但我想起的是那天告别时在桥上看到的张一凡的背影。等能看清楚他的脸的时候，我再一次看到了那个笑容，那个带着感激和宽慰的笑容，那个善解人意的笑容。于是我虽然满肚子的疑问，却突然一句都说不出口了。是王朵朵开口问的第一句，问他为什么不告诉我们真实情况。

张一凡没有正面回答，说："你们看，现在我不是也过得好好的吗？"

王朵朵问："如果真的过得好好的，为什么要躲着我们？"

张一凡愣了几秒，才说："也不是躲着你们，那段时间就想一个人待着，销声匿迹。就像每个人都会有戴着耳机不想说话的时刻，对了，说起来你们听周杰伦的新歌了吗？"

我说："别打岔，你这些年过得到底怎么样？"

张一凡什么也没回答，只是说了句"谢谢"，仅此而已。

我问："谢什么，我们什么都没做啊。"

他说："做了的，你回了信，而且是很认真地回了信。"

我说："这没什么好谢的啊。"

他说："你不懂。"

他语气里有一种让我别再问下去的意味。

那之后我们说了很多话，但又好像什么都没说。我原本想了很多见面时要说的话，可到头来一句话都没说出口。王朵朵大概也是一样，在来找张一凡的路上，她反复念叨的那个最重要的问题，最后也一样没能问出口。我们只是站在那座桥边，看着河流静静向前流淌，看太阳落在河流的尽头，我突然想，那个篮球也不知道现在漂到了哪里。

王朵朵在来的路上反复念叨的那个最重要的问题，只有三个字。

她想问问张一凡：后悔吗？

五

那个夏天过得很快，似乎只是一眨眼，我们就到了各奔东西的时候。我去了北京，王朵朵去了深圳，张一凡去了南京。那个夏天我们常常见面，一起打球，吃饭，说话，分别时我们总说

"明天见"，后来我们不再能够明天见，见面的次数变成了一年一次，最多一年两次，分别时开始说"明年见"。大学期间，手机迎来了又一次更新换代，我们装上微信，建起了群，不再频繁地寄手写信。张一凡说："微信确实更方便，不过过年的时候，我们还是得交换手写信。"我笑着说："你这人还挺复古。"张一凡说："复古不挺好的，我又不是古板。"

王朵朵的那个问题，我猜她还是知道了答案，比我更早知道。大三那年她谈了恋爱，对象不是张一凡。毕业的第二年，她举行了婚礼，我跟张一凡都去了。我看着她穿着婚纱从门口走进来的一瞬间，脑海里浮现出当年那个小女孩红着眼跑回教室的模样。我知道她走了出来，其实她一直都很勇敢。王朵朵的结婚誓词也很简单，就一句，她说："我现在是真的很幸福。"

婚礼结束，我跟张一凡在酒店门口等车，我打趣说："曾经有那么一瞬间，我还以为你会跟王朵朵在一起。"

张一凡笑着说："我没喜欢过她，她也没喜欢过我。"

我说："我知道，只是有时会想起那几年我们满世界找你的情形，她可是比谁都着急。"

张一凡说："后来我跟她聊过几次，她能走出来完全是靠她自己，我的事跟她也没关系，她一直觉得欠了我什么，其实她什么都不欠。歉疚也不能当作喜欢，否则就是耽误彼此一辈子。"

我说："她一直很想问问你，后不后悔当初站出来帮她说了那些话。"

张一凡摇了摇头，说："不后悔。"

我看了眼张一凡，说："上次见你时看你没戴眼镜就想问，其实你一直没近视吧？"

张一凡摸摸鼻子，笑着说："我可是飞行员视力。"

六

大学毕业后，我留在了北京，算到现在，刚好过去十年。王朵朵毕业后跑到了上海，在一家律所工作，她说要帮助更多的人。张一凡先是考研，研究生毕业后又留在了南京，因为本科学校背景不够硬，即使研究生考到不错的学校，在公司里还是没少遭人白眼。不过他也没觉得有什么，依然认真，准点上班，空闲了还自学画画。手机的功能越来越多，社交软件五花八门，张一凡反倒卸载了大部分软件，只有微信还在用。用他的话来说，很多东西用起来太麻烦，手机只要能用来跟人沟通就行。

我也在北京扎下根，毕业后进了一家公司工作，公司在业内还算有名气，工作到第八年，我总算是租到了一个还不错的房子。只是身体透支得厉害，三十岁之前还觉得没什么问题，三十岁之后各种小毛病就接踵而来，一会儿头疼，一会儿牙酸，一会儿浑身乏力，睡眠也成问题。我跑了好几次医院，医生也查不出有什么问题，只是让我好好休息。

今年一月我头疼得厉害，周末去医院开了一堆中药，半夜吃完中药，还是怎么都睡不着，睁着眼睛的时候困得不行，真闭上眼睛了反倒清醒。我给张一凡发了条信息，说要注意身体，不要仗着年轻就不把身体当回事，我们也不再是二十五岁，现在都是三十多岁的人了。第二天一早，张一凡给我回信息，言简意赅，他说正好要去北京出差，跟领导说提前几天。我醒得晚，回复说不用的时候，他已经在路上了，我只好说去车站接他，他说太麻烦了，让我直接在商场里找个书店等他。

我比他早到了半个多小时，书店开在商场的四楼，旁边和五楼都是餐馆，三楼是儿童区，与外边的人流量比起来，书店显得格格不入。这家书店很新，应该是前不久被翻新过，书的种类也多，书店的一角是小小的咖啡馆，也就这里坐着四五个人。我昨天一夜没睡好，点了杯咖啡，又顺手买了本书。但也就翻了五分钟，眼前的字就开始飘浮，我意识到自己压根就没法集中精神，也意识到如今的我早已没了读书的状态，索性打开手机，看了会儿视频，看了会儿新闻。这时候我好像在新闻视频里看到了张一凡的脸，可不小心按了刷新，想要再找那条新闻却怎么也找不到了。我心想自己应该是看错了，这时张一凡来了。

我说："我真没什么大事，你不必大老远跑这么一趟。"

张一凡说："我也真不是特地来看你的，就是公司有事，我只是提前来。"

我抱歉地说："也不知道带你去哪里玩。"

他哈哈大笑，说："北京我又不是没来过，该去的地方我都去了，再说了，也不用非得去哪里玩，说说话就行。如果你真觉得我大老远来一次不容易，就带我找个篮球场，一会儿去打两轮。但要是遇到年轻人，跟他们打起来，你得悠着点，注意身体。"

那天下午我们没有真去打球，也没做什么特别的事，只是在书店坐了会儿，他买了几本绘画相关的书和几张信纸，我们就近找了家餐馆吃饭。吃饭的时候，我提到五道口就在旁边不远处，张一凡突然说："我还记得以前你说自己特别烦恼，要是清华和北大同时录取你的话，你到底选清华还是北大。"

我一愣，哈哈大笑说："我记得，我还说两所大学挺近的，大不了我早上去清华，下午去北大，两边都不耽误。我还说到时候我们肯定还会一起打篮球。"

他笑着说："咱们一会儿吃完饭，就能按照你当年的说法，去两所大学的大门前来回溜达。"

我说："那时候我对自己是盲目自信，但我是真觉得你能考上。"

他摆摆手，说："我哪儿有那么聪明，只不过是小时候学得早，我爸管得严。"

我心里有些感慨，说："现在提起小时候，是真觉得遥远。"

张一凡顿了顿，表情突然变得很严肃，接着开口跟我说起那三年的事，但我没想到他开口第一句就是："你救了我两次。"

张一凡接着讲述："第一次是那天跟你们班的人打架，我鼻青脸肿地走回家那次，你跟我说了句'我相信你说的话'。第二次是给你写信的那次，那段时间我没有跟任何人说话，本来想把以前的事全忘了的，可忘不掉。很多个夜里，我还是会做梦，梦里就是我被推下去的场景，我在梦里一次次失衡，一次次摔倒，再一次次惊醒，醒来的时候浑身都是冷汗，鼻子上的疤明明愈合了还痛。

"所以我想到给你写信，你不知道那时候其实我是把你当成了最后的救命稻草。你第一时间给我回了信，那一刻，我觉得自己好像没有彻底被抛弃。你还记得吗？那时候我们还会写三四张信纸，现在是一张信纸都写不完喽。你跟我说过一句话，可能你自己都忘了，可能现在说起来会有点矫情，但我一直记得，你说：'你能过上现在的生活我真的很开心，如果还遇到什么会让你觉得痛苦的事，就告诉我，我能帮你就帮你，帮不到的，我就负责听。'那一刻，我就知道你是我最好的朋友了。"

我听完张一凡的这些话后愣住了，因为我自己居然忘了这段话。原来有些话你只要说出口，就真的有人会记得，用真心记得。

我说："你也救了我一次，那时候我要去河里追那个篮球，是你拦住了我，还把自己的篮球给了我。"

张一凡说："这就是件小事。"

我说："可能你觉得这是件小事，但对我来说，很重要。"

"好了，打住，不然说下去没完没了。"他抬起一只手，接着说，"注意好身体，一定要注意好身体，注意休息，没什么比身体健康更重要。即使你有特别特别重要的事，即使工作很忙很辛苦，这座城市很'卷'，必须竭尽全力，你也得尽量准时吃饭，好好睡觉。身体的信号是最重要的，如果陷入了疲惫的状态，只会让事情变得更难做好。"

我笑着说："你该不会是觉得我活不久了，才跟我说这些往事的吧？"

张一凡"呸"了一口，说："你能不能好好说话，其实这些事早就该跟你说了。以前觉得矫情，现在想想，我们不是朋友吗？随便说话也行，认真说话也行，不用挑时间，想说就说。"

七

那天晚上我回到家，工作群弹了好几个消息，说是因为我生病，耽误了工作。

我本来头疼快好了，这下又头疼起来，想着一会儿再回复，先看一会儿手机再说，能逃避一会儿是一会儿。这时候我突然在同城热门里又一次看到了熟悉的脸，原来我白天没看错，那条新闻就是关于张一凡的。我点开视频，事情发生在今天中午的北

京南站，一个爷爷倒在地上，他的蛇皮袋子也倒在一旁。视频
拍得很晃，声音也很嘈杂，但能看清有一群人围在他周围，有人
已经去喊工作人员了，剩下的人站在一旁不知道如何是好。这时
候，张一凡，我这个十几年的老朋友，从人群中冲了出来，一身
白衣服的他很是显眼。接着他半跪在地上，给昏倒的爷爷进行心
肺复苏。这条视频到此为止，好在热搜里还有十几个不同角度不
同长度的视频，下一条视频是张一凡喊人赶紧散开，给车站的医
生让个路。再下一条视频，是爷爷被搀扶着送上了担架，张一凡
跟在旁边，询问着情况。视频里可以清晰地看到爷爷苏醒了，张
一凡跟医生又说了几句，就拍拍身上的尘土，拎着行李箱走了。
我再向下翻，所有的视频几乎都到此为止，只是换了个角度。

　　跟帖的人不多，这件事的热度也很快掉了下去。我给张一凡
发了新闻的链接，才发现视频下面的热评。我又点回新闻页面，
点开评论最多的那条视频，评论也就一百多条，几条热评的点赞
也就几百。在如今的网络环境中，这样的点击量的确不够多，第
一条热评，只有一个大拇指的表情。第二条热评跟帖的人不少，
这条热评让我看了觉得胸闷，它是这么写的：这年头还能遇到
这样的事，这么巧就有会心肺复苏的人在旁边，视频拍得这么清
楚，我看是剧本吧。

我不能装作没看见，就回复了一条：别有用心的人看什么都是别有用心的。

很快软件提醒我多了一条回复，陌生的用户这么写：我是医生，我告诉你，他的心肺复苏动作都是不规范的。剧本就是剧本。

我点开他的主页，头像是别人的照片，他发的文字倒是不少，都是对热点事件的冷嘲热讽，有事没事都要说上几句，就好像这世上的任何人、任何事，都只能按照他的心意存在似的，如果跟他的想法有一丁点不一样，那一定不是他错了，而是其他所有人都错了，于是其他所有人就成了他情绪的宣泄口。

我一下懂了，就回：你有权利发表你的看法，但既然你说自己是医生，那就把医生的证明甩出来，这之后我们再讨论别的。

他说：你这么着急，这个人该不会是你吧？

我心说跟这个人没什么好说的了，又看到了这个事件的后续，是昏倒的爷爷对着镜头说，想知道那个好心人是谁，想谢谢他。

这时候我才意识到张一凡应该会看到第一条新闻的评论，这么多年过去，冷嘲热讽的事情依然存在，只不过从身边人换成了陌生人，世界变了又好像没变。我把第二条新闻的链接发了过去，过了好一会儿，他才回复。

他说："是有这么一回事，去找你之前遇到的。"

我说："怪不得你迟到那么久。"

他说："现在的科技真发达啊，手机都能把我的发际线拍得这么清楚。"

我说："你就关心发际线啊？那你有没有看到那条新闻，人家想找到你，跟你当面说一声谢谢。"

他说："这有什么好谢的，一个人就倒在你面前，你又刚好了解一些急救知识，顺手的事。"

我想了想，问："你是什么时候学会心肺复苏的？"

他过了一会儿回："这不是担心你身体哪天垮了，到时候好救你。"

我哈哈大笑，说："别扯了，你放心吧，我身体肯定会好起来的。"

我退出聊天框，在工作群发了个消息，说："我生病就是因为工作，我现在要休息，明天再改。"发完，关机，觉得心情前所未有地轻松。

第二天我去送他，去之前写了一封信，可想了想，最后还是没好意思给他，决定过年的时候再给。

我是这么写的：

以前觉得朋友得天天聚在一起才行，后来发现能相聚的时间竟然越来越少。我在北京，你在南京，真有什么困难了，天南地北，我可能没法真帮到你什么。但只要你愿意说，我就会认真听。只是我最希望的是，你没有那么多难事需要找我诉说，希望往后你能过得很好很好，能看到自己想看的风景。你对我说，要注意身体，其实这句话也适用于你。我还要告诉你的是，你不仅仅是救了我一次，你还救了我很多次。在我觉得万分孤独的时候，在我即将失去信念的时候，在我怀疑一切的时候，你的存在都像是灯塔。

生命中的大雨，很多时候我们只能自己淋；

想要去的地方很遥远，我们也只能自己走。

有时候山路就是这么狭窄，只能容许一个人前行。

但远远地看到你也在努力登山，看到你还是坚持着自己的信念，我就会觉得，这世界有时候确实很糟糕，但还有美好的东西存在，值得我再往前走一走。

给我最好的朋友，张一凡。

最后一个夜晚

他害怕，

有一天，

会再次出现很多陌生人，

他们不由分说地打乱自己的生活，

也一同打乱别人的生活。

　　街头的红绿灯路口边，站着一个孤独的身影，昏黄的路灯照不亮前方的路，却能照亮他那张疲惫苍老的脸。他久久地站在那里，直到自己的双腿几乎支撑不住，才缓缓地走到路边的马路牙子上坐下。坐下的时候他听到了"吱吱呀呀"的声音，像极了一张即将被淘汰的破旧椅子发出的声音，这声音来自他的双腿。他知道自己的身体不像以前那么好了，双脚双腿都像是要生锈。他看向自己的双手，不知道为什么短短一两个月过去，这双手看起来竟然变得这么无用。他接着抬起头，看向那个熟悉的路口，现在是晚上十点半，那里有好几家小吃摊刚出摊，电瓶三轮车支起的烤冷面摊、毛鸡蛋摊、小串店陆续开张，招牌也都亮了起来。

　　他犹豫着要不要过去跟那里熟悉的人最后打一声招呼，就在半个月前，他还在那里摆摊，还是其中的一员。他还记得在摆摊的这些年里，见过很多大学生，也见过很多半夜才下班的年轻人。他最骄傲的事，就是能常常看到熟悉的面孔再次出现，带着朋友来光顾他的生意，称赞他的手艺。可现在，他一个人坐在街道的另一头，只能远远地看着。这时手机响了，他先是惊了一下，前些日子他的手机总是响个不停，这两天终于消停了些。他打开手机，发现是一条微信消息，是他前阵子加的一个顾客发的。李春生在脑海里想着发来微信消息的到底是谁，是跟男朋友看完电影来吃炒面的那个小姑娘，还是那个十二点半终于加完班从公司赶来的年轻小伙？他对着卡通图案的头像，怎么也想不起来。

　　微信上写着："爷爷今天也不出摊吗？"

　　他扶了扶自己的老花眼镜，左手把着手机，右手食指点开键盘的手写输入法，笨拙地用手指一笔一画写着回复。几分钟后，他才终于编辑完短短一句话："以后都不出摊了。"发送前他顿了顿，又补上一句："谢谢惠顾。"

　　现在是四月，街边的花开得正盛，风也温和，他却觉得冷，大概是因为今天是自己在这座城市的最后一个夜晚。李春生不是没有想过离开西安，他想过自己总有一天会再也走不动，会再也拿不动锅铲，支不起摊。等到那一天，他会回到故乡，埋在自己妻子的墓边，但他没有想过自己会这么离开，会因为一件自己并不完全了解的事离开。

十五年前，他五十岁，关掉开了半生的小餐馆。女儿嫁到外地，他回到故乡，把妻子埋在他们最初相识的那座小县城。然后他回到西安，回到那个空无一人的家，打电话给相熟的中介。那时他的打算是把这间好不容易攒钱买下的小屋也卖了，就此回到故乡生活，因为在这座城市，他再也看不到那个朝夕相处的人。这些年他日复一日地工作，牺牲睡眠，也算是有了一点积蓄，一部分留给女儿，剩下的一部分虽然没法让他在西安过上多好的生活，但回到县城，加上卖房的钱，足够他安享晚年。可他蓦然觉得舍不得，他开的餐馆在大学旁，来来往往的大学生让他觉得，自己仿佛一直没有变老，也让他觉得好像能看见自己的女儿。在从中介那里回来的路上，李春生遇到了经常来店里的两个女学生。她们问："爷爷，你的店怎么转让啦？"李春生说："准备不干啦。"她们说："那以后还能吃到爷爷做的饭吗？"李春生笑着摇了摇头。

那天夜里，他回到家，看着打包好的行李，只有一个箱子那么多。他看着妻子的照片，久久地看着，问她："你说，我们的余生应该怎么过呢？"没有回答。

他说："你会舍得离开这里吗？"没有回答。

他说："我想你。"眼泪掉在相框上，李春生赶紧擦了擦相框。依然没有回答。

他不知道自己蹲了多久，站起来的时候腿都麻了，他看向镜子里的自己，看到一张满是胡楂的苍老的脸，看到了布满血丝的双眼，身上的衣服好久没换，沾满了灰。这时候他才意识到，自己一整天都没吃东西。他走出门，黑夜里只有路灯还亮着，他走到曾经属于自己的店面门口，这里已经换了门面，变成了一家服装店，里面漆黑一片。他停了会儿，又往前走，走着走着走到了大学城，又走到街对面，转了个弯，看到了一个夜市。李春生在西安生活了大半辈子，还是第一次来到这夜市，他惊讶地发现，这里居然这么热闹，大学生们聚在这里，上班族们也聚在这里，还有很多睡不着的人，深夜被肚子饿困扰的人，也都来到这里。他吃了份烤冷面，这时候他发现自己在西安的几个老朋友也在这里摆摊。钱叔走到他身边，说："你怎么来了？"他说："肚子饿。"钱叔说："饿的话就常来。"李春生突然发现，这句话也曾经常挂在自己嘴边，在这个瞬间，他做出了决定。

　　十几年来，李春生就在这座城市的角落里支起了摊。有时候他会去旅游景点，安安静静地站在一边，他不知道怎么招揽生意，也不怎么开口。更多时候，他还是会回到大学城边上的这个夜市，他觉得还是这个地方更适合自己。李春生只有在做炒饭的时候，会跟面前的人多说几句，他喜欢听他们说话，听他们简短的故事，听他们那年轻又迷茫的人生。日子久了，跟他一起摆摊的人多多少少离开了这座城市，只有他还在这儿。这时候李春生突然发觉，原来自己爱上了这座城市，爱上了这里的一草一木，他爱上了这里的人群，只要还有人愿意来，他就觉得自己还有价值。所以十几年来，他一直没有涨价，一直静静地站在那儿，做着一份又一份炒饭，他希望的，是在夜深人静的时候，还能看到有人为了他的炒饭而来。那样，肚子饿的人，就能吃饱了回家。

　　几个月前，李春生平凡的日子被突如其来的关注改变了。

　　最初他很开心，他还以为人突然变多，是因为自己的手艺被更多人发现了。这情况他之前不是没有遇到过，他曾经遇到过一个小型企业，晚上的时候十几个人来排队吃饭。他听着他们的故事，还说过一句"慢慢来，会好的"。可没多久李春生就发现，来的人不都是为了他的炒饭，他们只是在不停地拍，不停地换着角度拍下他做饭的过程，不停地问他同样的几个问题，问他在这里摆摊多久了，问他一天能赚多少钱，问他十几年来为什么不涨价。过了几天，这样的关注有增无减，唯一的变化，是他们不再对自己说话了，他们对着手机说话，对着镜头说话。李春生不知道他们到底在跟谁说话，他只知道还有人等着自己的炒饭。

当他发现这些人把真正想要买炒饭的人挤在了外头的时候，李春生罕见地发怒了。他对着那些举着手机的陌生人说："如果你们不想吃饭，就不要在这里排队，还有人饿着。"第二天，他的这一举动就被剪成了视频，配上了字幕和新闻标题。无数陌生人点进视频里发着评论，有人说，这个大爷跟自己很熟，其实他是一个大学老师，后来因为一些事被开除了，现在天天以做饭的名义蹲在大学门口；有人说，这样子的炒饭能卫生吗？吃的人会不会拉肚子啊？这些评论李春生全然不知，他不怎么上网，这些年他换了手机，也有了微信，只是为了方便年轻人扫码。他不怎么查账，因为他相信现在的大学生不会赊账，不会骗他，他们说付钱了就一定是付钱了，事实也的确如此。他也把自己的联系方式贴在了上面，每天到家后都会加那么几个扫码的人，虽然他知道自己没有办法跟他们真的成为朋友，那些人兴许很快会离开西安，但他知道，这样在他摆摊的时候，他们就知道去哪里找自己。

可那段日子，加他的人越来越多，李春生加了好几个，才发现有几个就是那些拿着手机在说话的人。他们总是给他抛一连好几个问题，就像是在采访，李春生不会用拼音打字，他得一个个慢慢回复，后来他不知道应该怎么回复了，那些连珠炮似的微信消息提醒让他慌慌忙忙，不知所措。一天夜里，他接到了一个电话，他不知道自己的电话号码是怎么泄露出去的，电话另一头的人来自一家报纸媒体，李春生没有听过那家报纸的名字，可他想着如果可以通过发声让那些人不再来，也是一件好事。他认真回复了一个又一个问题，对方突然问："你留在这里是因为妻子的遗愿吗？"李春生突然蒙了，支支吾吾什么话都说不出口，慌张之余挂掉了电话。

像当初要离开西安那个夜晚一样，他蹲在地上，捧着妻子的照片，久久地看着。

他说："我不知道为什么会有这么多人来。"没有回答。

他说："我是不是该换个地方摆摊？"没有回答。

他说："我想你。"没有回答。

又过了一天，他照常摆摊，人群中突然有人喊了一句，说："李爷爷，我是从外地来看你的，能先给我做吗？"李春生说：

"我得先给前面的几个顾客做完。"那人又喊了一句:"李爷爷,你做的炒饭干净吗?"李春生刹那间愣在原地,他微张着嘴想说话,可什么话都说不出来,一直来光顾生意的一个年轻小伙终于没忍住,说:"你们一天天的到底要干吗? 你不吃就闭嘴,别为了你的破流量来打扰别人。"这是李春生第一次听说"流量"这个词,他不明白这个词是干吗用的,只知道下一秒人群就骚动起来,两人扭打在一起。李春生赶紧关火,放下锅铲,冲到人群里把两人拉开,可他已经六十五岁了,怎么可能拉得动两个年轻男人。人群围了里三层外三层,吵吵闹闹,可没有人来帮忙,后来闹事的人撂了句狠话,转身离开,李春生明明是去劝架的,却落得个浑身疼。他看到米粒撒了一地,慌慌张张站起来,说:"对不起,我给你重做。"走回摊位前,他突然又想起那个人问的"干净吗",一刹那愣住了,把手套摘下,赶紧拿出矿泉水给自己洗手,又把手套来回冲了两遍,再重新戴上。等他再拿起锅铲的时候,双手却抖个不停,差点把锅里的饭都抖到地上。李春生知道,今天他没办法再摆摊了。他对所有等着的人说了句对不起,拉起小摊,一步一步地向着家的方向走。他以为自己走得很快,走了十几分钟回头看,那群人还在自己身后的不远处。

李春生又一次觉得自己老了。

他就这么迅速地老了下去。

第二天，他还在睡梦中，就被接连好几个电话吵醒。打来的人不光有记者，还有学校的领导和派出所的民警。领导说："摆摊不容易，夜市也开好几年了，我们都是报备过的，但是你昨天这么一闹，我们又得重新申请了，那个，你要不换个地方？这个月的管理费我退给你。"派出所的民警说："昨天的事需要你来录个口供，别紧张，我们就是了解下情况。"李春生到派出所的时候，昨天那个年轻小伙也在，录完口供他气愤地问："情况你们也了解了，能处理吗？"对面为难地说："可你们都不知道对方是谁对吧？面貌特征你们也没记清楚对吧？"年轻小伙站起身，说："不是，你们就不管管那些人吗？他们是为了什么你们不知道吗？"这时候李春生也站了起来，他只知道在派出所不能这么闹，一把拉住年轻小伙，又替他道歉，说："是我的错，不要为难他。"

这件事在网上也闹得沸沸扬扬，每个人都有各自的看法，很多人都自发地站出来为李春生说话。那天夜里，李春生自己在家挣扎了很久，还是决定去摆摊，他坚信平凡的日子还会回来。可他没有办法再去那个夜市摆摊，只能走到家附近的街道边，手机里接连有几个老顾客发来的微信消息，他一个字一个字地慢慢输入，对他们说："今天也开张，在第二大道边上。"发完后，又补了一句话："有点远，对不起。"

李春生没有想到的是，他发出去的每条消息都有了回应，每一个人都来了，他知道从大学城走到这里需要半小时，可他们还是来了。他想说很多感谢的话，可不知道应该怎么说，只能默默地炒饭、炒面。这时候人群里有人说话了："李爷爷，我们都支持你。"接着他们都鼓起了掌，李春生这辈子，第一次有人给自己鼓掌，他张开嘴，说了句："谢谢。"

也是在这天，他发现原来这件事在网上闹得这么大，有几百万人都看到了那些视频。那几个客人给他看视频，是想告诉他，你看，其实有很多人支持你。可李春生只看到了视频里的自己，他发现那个自己居然那么陌生，他还看到了几条评论，看到了网友们在下面吵架。他突然生出一个念头：大家吵来吵去，都是因为我。

回到家，李春生看着镜子里的自己，也就几天时间，他彻底老了，头发全白了，腰也直不起来。他累了，这一次，他是真的累了。

这之后，他又出了一周的摊，跟所有来的客人一一告别。到了第六天，那些拿着手机的人，终于一个都不再出现了。到了第七天，他习惯的平凡安静的生活恍惚间又出现在眼前，可他没有力气了，他的腰彻底背叛了他，双手也不再稳当。他的心也没办法像往常一样平静，因为他害怕，有一天，会再次出现很多陌生人，他们不由分说地打乱自己的生活，也一同打乱别人的生活。

摆摊的最后一天，他做完最后两个顾客的炒饭，决定给自己也炒一碗。

然后他端着碗坐到马路边，喊住那两个客人，说："能给我拍一张照吗？"

女孩说："爷爷，那我们能跟您拍一张吗？"

李春生说："当然可以。"

女孩拍完照之后，李春生非常认真地说了句："谢谢。"

然后他一个人默默地吃起那碗炒饭，是熟悉的味道，还好自己的手艺没有退步。

现在是四月，距离他最后一次出摊又过了一周。大学城附近的夜市又开张了，那些熟悉的招牌又亮了起来。他站在路口的另一边，在心里对一切告别，他舍不得这十五年来的每一天，舍不得那个被他用到快报废的锅铲，他舍不得自己日夜走过的这条路。这时候他终于想起来发来微信消息的那个人是谁了，她就是那天最后两个客人中的一个。

因为她发来了一张照片，不是那张特地给自己拍的照片，而是在那之前，李春生在给自己做最后一顿炒饭的时候抓拍的。照片里的自己，正拿着锅铲在锅里翻炒着，他的面容看起来是那么平静，又是那么熟悉。他犹豫了一会儿，然后笑了。

一辆卡车开到了这个路口，李春生感到面前暗了下来，自己被笼罩在了影子里。他抬起头，发现这辆等着红绿灯的卡车正好能挡住他看向夜市的视线。不久，红灯变绿，卡车向前驶去，李春生也离开了这个路口。从此以后，人们便再也没有在这座城市的任何一个角落，看到那个熟悉的身影。

逐日

时间的答案，
是你我终将去远方。

一

周六的太阳很晒，上海的天久违地放晴了。就在昨天夜里，陈筱静还在担心，如果今天天气不好，还是下雨，活动说不定会因此取消。她到文化公园的时候，简单的舞台已经搭好，地上铺了红色地毯，地毯前有大概五十个座位。她没能在舞台边的海报上看到自己的名字，心里浮过一丝失落。但她很快重新打起精神，走到休息室，拿出吉他调音，对自己说，今天也要好好唱歌。

临时的休息室里坐着几个工作人员，正在聊关于活动的事，言语里透露着要不要偷懒的意思，反正也不会真有几个人在意这个活动，活动主办方也是迫于市里的要求，才会举办这种吃力不讨好的文化节。毕竟年轻人对戏曲压根就不感兴趣，来的人都是临近几个小区的老人。陈筱静是被朋友介绍来的，理由是无论如何还是得有个年轻人的节目，这时一个男人注意到了她，说："去年好像也是你来暖场的。"

陈筱静点点头。

他接着说："我记得去年你还做过直播，今年也会直播吗？"

陈筱静点点头，没说话，怕对方再追问下去。她怕对方知道自己的直播间只有那么几个人看，倒不是怕丢脸，而是担心一旦对方知道了，明年的活动就不会邀请自己。

即便活动方给她的钱聊胜于无，但对她来说，这毕竟也算是一份收入。租的房子还有两周就要到期了，她必须珍惜每一个机会。

距离活动开始还有十几分钟，他们伸了个懒腰，跟陈筱静打了个招呼，慢悠悠地走出了门。陈筱静也做好了最后的准备，跟着走了出去。提前十分钟去看看舞台是她的习惯，因为像她参加的这类活动，是不会特地留时间给她彩排的，连试音的机会也没有。所以每一次，她都只能自己站在一边，在脑海里演练各种可能会出现的突发状况。就在前不久，有一次她在社区表演时，一个熊孩子冲上台抢她的吉他，陈筱静奋力护住吉他，却被对方的父母一顿数落。"什么嘛，真小气。"那个孩子是这么说的。"让孩子玩玩怎么了？就你的吉他碰不得？"两个家长是这么说的。如果是表演结束后，孩子友善地提出想要摸吉他，陈筱静肯定会二话不说就答应，可强抢是另外一回事。这段经历让她心有余悸，她用力握住吉他，又看了眼下面坐着的人，还是去年的熟面孔，应该不会再发生类似的事。只是陈筱静不确定他们是否还记得自己，他们更期待的，应该是正式的戏曲表演。

活动主持人宣布活动开始，介绍了区里的几个领导，下面响起热烈的鼓掌声。领导站上台，发了言，转身走出活动区后，坐着的人瞬间少了一半。陈筱静拿着吉他上台，又架好手机，跟大家打招呼，简单介绍起自己，现场几乎没有掌声，她给自己一个鼓励的笑容，站到麦克风前，开始演唱自己的歌曲。

这首歌对她而言很重要，去年也唱过，可在场的人似乎都没有什么印象。她闭上眼睛，尽力不去思考自己在哪儿，尽力不去看眼前的人群，只沉浸在自己的音乐中。这首歌她再熟悉不过，几乎不用思考，手指就能自动弹出下一个和弦。她恍惚间回到了最初来上海住的那个小房子里，回到那个被音乐所感染的身躯，回到那些脑海中只有音乐的夜晚，就在一切都很顺利的时候，陈筱静却突然感受到腹部传来的一阵绞痛，直冲她的脑门，音乐声戛然而止，她的额头沁出一滴又一滴汗珠。现场顿时鸦雀无声，所有人都没明白过来是怎么回事，当主持人冲上台问她怎么样的时候，她只能虚弱地回答："老毛病，缓一缓就好。"

主持人轻声问："确定不用叫医生吗？"

陈筱静咬着嘴唇摇了摇头，又看到主持人面露难色，在他说出下一句话之前，抢先说了句："那我先下去了，抱歉。"

她强忍疼痛收拾好吉他，从支架上拿下手机，轻轻给大家鞠了个躬。她默默走下舞台的时候，有几个阿姨问她怎么了，她说不出话来，只能轻轻地摇头。主持人按照流程介绍起了下一项活动，在陈筱静走下舞台没多久的时候，身后就响起了新一轮的表演声。她回过头，人群中已经没有人再注意到自己。她一路走到停车场，终于支撑不住蹲了下来，从包里拿出两颗止疼药。

上一次好好吃饭是什么时候？可能是前天，也可能是上周。陈筱静想不起来。

这时她才意识到直播没有关，慌忙拿出手机，直播还在继续，在线人数三个人。其中两个观众她知道是谁。她赶忙关掉直播，几乎是下一个瞬间，电话就来了。

"你还好吗？"电话另一头的人说。

二

　　龙岭山是一座没有太多人知道的山，只有住在附近的人才知道这座山的名字。爷爷说："这座大山是旁边雪山的支脉，名字很气派，就像龙一样盘踞在这儿，把内外隔绝成两块。"陈筱静问："那为什么我从来没在山上见过雪呢？"爷爷说："那是因为最近全球气候变暖，我小时候站在屋外，向着龙岭山看，就能看到山顶上被雪染白了一片。"陈筱静接着问："山的外面是什么？"爷爷说："山的外面是一个更大的世界，那里能看到更久的太阳，太阳不会被挡在山后头，那里还很平坦，汽车都能直接在路上开。"陈筱静问："那里的孩子上学是不是就不用爬山了？"爷爷点点头。

　　陈筱静从小就觉得眼前的这位老人跟村里的其他人好像有点不一样。

　　不仅仅因为他戴着眼镜，衣服总是洗得干净，还因为陈筱静总觉得爷爷不是村里人，至少不是从小就在村里的人。她爸跟爷爷关系不好，总是一见面就吵架，所以爷爷就自己住在村口，屋子很简陋，桌椅都很陈旧，坐下时摇摇晃晃，像是要散架，但爷爷总是把屋子打扫得很干净。

爷爷还总会跟她讲一些山外的故事，当陈筱静问爷爷这些故事是从哪里来的时候，爷爷总说："你在学校里好好读书，总有一天也能讲出这么多故事。"爷爷的身边有一个小小的收音机，讲故事说累的时候，爷爷就打开收音机，旋转上方的小圆盘，就能换很多个频道。有时候会听到音乐台，放着很老的歌，爷爷就会跟着唱几句。陈筱静在发现爷爷唱歌好听之后，总缠着爷爷唱歌给她听。爷爷又说："等你下次考试考全班前五，我就唱给你听。"

考全班前五对陈筱静来说不是难事，全班一共也就十五个孩子，剩下的家庭大多都对读书没什么兴趣。即使是宋老师，这座小学唯一的老师，走访了每个家庭，说读书的重要性，也没让大多数孩子回到课堂。陈筱静记得宋老师刚来的时候看起来还很年轻，脸方方正正的，头发很短，背挺得很直，不管是数学还是语文都是他来教，还能说一口英语。宋老师总说，知识改变命运，只有好好读书，才能离开这座大山；只有好好读书，才能在离开后回来帮到更多的人。宋老师也总会问同学们有什么梦想，陈筱静说："我没什么梦想，就想去山外面看看。"宋老师说："好啊，那你要记得好好学习。"

那天下午，陈筱静在数学测试中拿了第一，她一路小跑路过自己家，径直跑到村口。爷爷正在灶台前做饭，陈筱静抱起门口的柴火，喊了声"爷爷"，第一声爷爷似乎没有听到，等陈筱静喊第三遍的时候，爷爷才看到陈筱静。她说："爷爷，我这次数学测试考了第一。"爷爷摸摸她的头说："好啊，我家小静就是有出息。"她说："我听宋老师说，我快要上初中了。"

爷爷说："初中很重要，你要好好学。"

陈筱静低下头，嘴里嘟囔："可是宋老师说他教不了初中，上初中得去旁边的县城。"

爷爷说："这是好事啊，你怎么不开心？你不是一直想去大山外面看看吗？"

陈筱静说："那里也不是大山的外面。"

爷爷说："这是你走出大山的第一步。"

陈筱静看着爷爷，说："可是我去那里读初中，就不能每天看到爷爷了。"

爷爷笑着说："你跟爷爷一起生活太久啦，爷爷每周都去看你好不好。"

陈筱静咬着牙，说："可我爸不会让我去上初中的。"

爷爷沉默了几秒，开口时的语气很温和："你爸会让你去的，其实他是最想让你去上学的那个人，只是你还不懂他。有时候人嘴上说的，跟心里想的不是一回事。"

陈筱静还想说些什么，宋老师来了，爷爷让她去外边等着。陈筱静就蹲在外边的土路旁，用树枝在泥里画圈，边画圈边往屋里看，心想这宋老师怎么还不走。等待的时间特别长，太阳都快落到山头的时候，宋老师才从屋子里出来。她看到爷爷用力握住了他的手，宋老师轻轻地给爷爷鞠了一躬。她跑回屋子门口，问："宋老师刚才都跟你说什么了？"爷爷说："说你上学的事情呢。"陈筱静问："宋老师有没有跟你说，我在学校的表现特别好？"爷爷笑着说："宋老师来就是说这个的。"陈筱静说："爷爷，你上次说如果我表现好，就要给我唱歌的。"爷爷轻轻拍拍陈筱静的头，说："还是小静记性好，爷爷做好饭就给你唱。"

可那天爷爷做饭的速度特别慢，陈筱静站在一旁不知道该怎么帮忙，干着急。眼看着太阳已经藏到了山后，爷爷才终于做好了饭，可刚唱了一两句就停了下来，不知道为什么陈筱静觉得爷爷今天跟平日里的状态完全不一样。爷爷抱歉地看着陈筱静，轻声说："爷爷做饭做累了，欠你的歌下次唱。"

三

陈筱静回到家的时候，是晚上七点半。这时候她的胃好受了一些，开始心疼起打车花的钱。如果不是因为胃疼得厉害，她肯定会选择坐公交，再不然，也还能骑个共享单车。她住的屋子很小，冰箱里还有一点剩菜，油也还剩一点。她在下厨的时候，才发现自己既没有盐也没有糖，一点调料都没有，想着去小卖部买一点，转念一想又觉得没必要。吃饭的时候她打开手机，在各种 App（应用）上看看有没有日结的活，毫无意外，能日结的活都是去工地的。她不是怕吃苦，只是自己实在是没市场，她的身体也撑不住。她几年前还做过家政，一起工作的几个阿姨对她很好，只是付完房租后薪水一分都不剩，更不可能还得起债。

　　她打开抽屉，从最里层拿出一个小小的账本，这里面记着她的收入，记着她还欠着多少债。村里的人其实跟她说过，不用着急还，可她知道家家户户每个人都困难，没道理只有她得到优待。现在她已经不在龙岭山了，她在上海，必须想办法赚钱。网上的短视频都说，只要做到以下这几点，就能够赚到大钱。先前陈筱静看到这些视频的时候，总是将信将疑，她觉得如果那些人自己真赚到大钱了，也不用在网上卖课。可今天她看到这些视频的时候，看着视频里亲切的脸，听着那些人为你好的语气，忍不住点了关注。"说到底，我还能损失什么呢？"她想。

　　最初她来到上海的时候，觉得自己一定能找到一份好工作。她写的简历不算多优秀，但应该也够用。她想过上海一定很大，可没想到上海居然这么大。那座巍峨的龙岭山，陈筱静从来就没能真正爬到山顶，那时她觉得，龙岭山一定是她所能看到的最高最大的地方了，可上海还是超出了她的想象。她也没能想到这么大的城市，居然还能挤满了人。第一次找工作的时候，她的号排在了75，等她前面的人走出来的时候，那份工作也就满人了。后来她想着随便找一份工作就行，无论如何先有一点收入，可换来的是一个又一个闭门羹。她突然发觉，原来自己引以为傲的成绩在上海根本不值一提，世界变得越来越大的同时，她也变得越来越小。在上海漂泊了近三个月后，她终于找到了第一份正式工作，也遇到了生命中第一个喜欢的人。拿到第一份工资的时候，她也想过好好犒劳自己，想着去商场买一件新衣服，但犹豫再三，还是没有买。那段时间她第一次喜欢上上海，喜欢它的白天，也喜欢它的夜晚，因为无论是白天还是黑夜，这座城市都像是充满了活力，街道上川流不息，来往着年轻的男男女女，车道上络绎不绝，永远车水马龙。她喜欢在淮海路漫步，看着太阳照在树叶上，一道又一道光打在地上，也喜欢走到外滩，看着东方明珠塔，在人群中享受自由的感觉。当然有时候也会孤独，在上海的黄昏时分，当她走到公司附近商场的时候，当她看到别人都结伴而行走向餐馆，走向商店的时候。

陈筱静不再想下去，她还有事情要做。她把锅碗放进水池，放点水，泡上，一会儿再洗，接着走到沙发旁拿起吉他，这把吉他是她咬着牙买的，当时买的时候花了不少钱，下定决心好好呵护，现在吉他身上已经满是磕碰的伤痕。无论如何，她还会唱歌，她还能唱歌。陈筱静就是在这间小屋里，根据梦里的旋律写出了《逐日》，这首歌她在很多地方都唱过，听过的人也说过好听，这让她由衷地觉得快乐。她在心底还没有放弃成为歌手的梦想，只不过她也知道这梦想毕竟太遥远，离目前的自己太遥远。

她打开手机，点开抖音，点开直播，架起吉他，等着第一个听众的到来。

接着她在自己的小屋子里，轻声说："今天也从《逐日》这首歌开始，感谢每一个朋友的聆听，如果你觉得还不错，也可以分享给你的朋友。这首歌在很多软件里都能找到，如果你愿意，也能去其他软件那里给我留言。"

说完这一段惯常的开场白，陈筱静对着五个人认真地唱了起来。

四

收音机好像坏了。

打开开关，无论怎么旋转圆盘，都搜索不到任何频道，只有嘈杂的"嗞嗞"声。

这么多年来这台收音机不是没有坏过，陈筱静也反复修了好几次，只不过上次去维修的时候，师傅说，再坏一次就肯定修不好了。陈筱静努力回想这些日子有没有摔过它，可在记忆里搜寻不到类似的画面。她知道有些东西用久了迟早会坏，每个东西都有保质期，可她没想到收音机会坏在今天。她打开手机，下意识地想要拨打一个号码，最后还是忍住了。她不愿给对方添任何麻烦，也知道这种事他也帮不上忙。陈筱静关掉收音机，又重新打开，反反复复，期待着它能接收到信号，可还是一无所获。最后她只能回到那家维修店，店老板捣鼓了半天，抬起头之后摇了摇头，说："这台收音机的零件早就停产了，我也没办法。"

陈筱静说："拜托你了，这台收音机对我真的很重要。"

店老板说："我知道它对你很重要，不然也不会修这么多次，但这次我真的无能为力，你换几家店估计也是一样的结果。"

陈筱静把收音机小心翼翼地放回包里，颓然地走回了家，到家的时候她发现自己的眼前一片模糊，才知道自己在哭。

五

爷爷是在陈筱静上高一的时候走的，在那之前他已经在病床上躺了三年。

陈筱静去看爷爷的时候，忍不住哭了好几次。老人总是摸摸她的头，说："别哭，爷爷还能唱歌。"

陈筱静说："爷爷，你骗人，上次欠我的歌到现在还没唱。"

爷爷说："你看到爷爷身上的点滴没有，等吊瓶里的药水滴完，爷爷就能唱歌了。"

可陈筱静从来没有看到吊瓶里的药水滴完，每一次，就在药水快要见底的时候，总会被护士换上新的一瓶。她不知道爷爷生的什么病，也不知道爷爷的病为什么治不好。她有很多次都不想上学，觉得一定是因为自己离开，爷爷才会生病的。只要自己不上学，爷爷就能好起来，日子还能跟从前一样。劝住她的，依然是她的爷爷，有一次爷爷说："如果你不上学了，爷爷就直接不起来。"

这句话把她带回了学校，带回了数学和语文的世界。

高一那年的冬天，陈筱静最后一次见到爷爷。

那天她走进小小的医院，转了一个弯，就来到了爷爷的病房。爷爷坐着，看起来就像是在等着她。陈筱静开心地跑过去，问："爷爷，你能坐起来啦，那是不是很快就能走，很快就能离开医院啦？"老人用布满皱纹的手摸摸陈筱静的头，说："对，爷爷很快就能回家了，不过现在还得在医院，小静，你听爷爷给你唱首歌吧？这首歌是爷爷自己写的。"陈筱静放下书包，乖乖地坐下，瞥见身后的母亲眼睛红了一圈，她还不明白是怎么回事，爷爷的声音就响了起来。爷爷唱的第一句就是："时间的答案，是你我终将去远方，但别担忧，我们定会重逢在阳光万里的地方。"

唱完这一句，爷爷还想接着唱，可这次发出的却是咳嗽声。他不好意思地看着陈筱静，说："看来这首歌只能下次再唱给小静听了。"

陈筱静小声说："爷爷总说下一次，我都等了三年多了。"

爷爷说："小静，你要好好读书。"

陈筱静说："放心吧，爷爷。爷爷也要快点好起来。"

那天夜里陈筱静做了个梦，梦里有她的爷爷，但爷爷的脸是年轻时的模样。他正坐在小屋外的菜地旁，手里拿着一把吉他，哼着那首当时没唱完的歌。陈筱静听完这首歌，说："爷爷，我终于等到这首歌啦。"说完就想去拉爷爷的手，却扑了空。爷爷好像看到了陈筱静，又好像没有，那眼神既像看着眼前的人，又像看着很远的地方。接着爷爷把吉他轻轻放在陈筱静的身旁，向着龙岭山的方向走去。陈筱静大声喊着爷爷，问他到底要去哪里。爷爷回了一次头，轻轻挥了挥手，又转身向着龙岭山走了过去。陈筱静想追，可怎么也没法拉近跟爷爷的距离。这时她摔了一跤，下一秒睁开眼睛的时候，眼前出现的是她的父亲。他说："爷爷走了，跟我去看看他吧。"陈筱静半梦半醒，说："我看到爷爷了，他去龙岭山了。"

父亲把她抱得很紧，说："对，你爷爷他去龙岭山了。"

爷爷的葬礼，全村的人都来了。陈筱静看到父亲对着父老乡亲说着感谢的话，说着一定会早日还钱，来的人都挥挥手，说："你爸对我们都很好，不用着急还，还不上也没关系，我们全村的人都受过他的好。"那时家里已经请不起像样的唢呐队，来的人是宋老师。葬礼结束后，陈筱静听到宋老师说："本来那是不要命的病，我知道你尽力了，节哀。"陈筱静想，那为什么这个病却要了爷爷的命呢？

葬礼上陈筱静一滴泪都没流，她不相信爷爷就这么走了，她宁愿相信躺在棺材里的不是她爷爷，爷爷是去了龙岭山。一天后，父亲带着爷爷的骨灰回来，她一时间不知道应该怎么接受眼前的事实。她跑到了村口，跑到了爷爷家，拿出那台收音机，调到爷爷最爱听的频道，听爷爷最爱听的歌。她不知道听了多久，直到父亲找到她，说要埋骨灰了，让她一起去。陈筱静抬起头看到那小小的盒子，她不理解为什么原来那么高大的爷爷，会躺在这么小的盒子里。这一刻，她才哭了出来。

后来她还哭了很多次，在每一个意料之外的时刻，在每一次想起她爷爷的时候。

六

陈筱静的胃又开始痛了。她在医院，手里拿着医生的开药单。医院里人来人往，所有人都跟她一样，脸上没有一丝笑容。她木然地打开手机，看着微信里的余额，付完药的钱，还剩下三百元。她的抖音账户里应该还有一点钱，她想虽然看的人少，但她播了这么多次，总会有一点收入。但她等回到家了才点开抖音，因为害怕在医院里就看到结果。点开抖音钱包的一瞬间，她像是掉进了冰窟，直播两年的收入竟然只有一千多元。她捂住脸，不知道这些年自己到底在做什么。这时手机收到了一条短信，10086 提醒她，手机余额不足二十元。

　　她再次拨通一个号码，不是她喜欢的人的，而是她第一份正式工作的老板的电话。

　　她颤抖地握着手机，屏住呼吸，期待奇迹的发生，可等来的依然是机械的女声：对不起，您拨打的电话是空号。三年前，就在她刚喜欢上上海的时候，就在她准备着要跟喜欢的人表白的时候，陈筱静所在的互联网公司一夜之间人间蒸发。她在公司门口看到了同样不知所措的同事，看到了喜欢的那个人，看到大家的眼里都写着绝望，才意识到，新闻里看到的那些老板卷钱跑路的事情，居然也发生在了她身上。那些日子，一个个互联网公司接连暴雷，一个又一个普通人接连失去工作。走在路上，她发觉上海这座城市依然充满了活力，可这活力并不属于她。她现在所看到的上海，跟那些拎着大包小包走出商场的人所看到的上海，不是同一个上海。

　　"你还好吗？"这是魏广对她说的第一句话。

　　那天她第一次跟喜欢的人说上话，两个人在外滩走了很久，他说没想到第一份工作就这么没了，他说不知道以后怎么过，他说希望以后他们还能见到面，他还说："会好的。"

　　这是她离开龙岭山后，第一次跟别人说那么多话，这也是她离开龙岭山后，所感受到的最直接的善意。她本应该说更多话的，本该把心里藏着的情绪一一表达出来，没有比这夜色更好的保护色了，没有比此时此刻更好的时机了，可她还是什么都没说。她面前的，是一个青年，是她梦寐以求的人，是她觉得闪闪发光的人，而陈筱静觉得自己平平无奇，黯淡无光。魏广没有看到她缩在口袋里的手紧紧握成了拳，但看到了她眼神里的闪烁。那时候他还不知道是怎么回事，最后陈筱静只是说了句"我该回去了"，两人就此告别。

陈筱静挂断电话，给手机充上话费。她别无他法，准备继续直播，一千多块钱总还能撑一段日子，她告诉自己，会好的。就在这时她看到了弹出的视频，是关注列表里那个卖课的账户。那人说，只要买了他的课，就能轻松地赚到第一桶金。视频后面是一段采访，看起来是有许多买他课的人，都赚到了第一笔钱。视频的最后，是那人回到镜头前，说："羡慕他们吗？下一个就是你，点击下方链接，走上财富之路。"陈筱静点开视频，看到有节试听课，卖四十五元，下面还有导师的联系方式。她听完课，加上导师的微信，手机另一边的导师听了陈筱静的基本情况，问她："你的情况比较特别，你有某呗吗？"

陈筱静说："我没听过，也没用过。"

导师说："那你先下个软件，我跟你说操作方法，然后你就能看到你的额度了。"

陈筱静按照步骤操作，看到自己的额度，这时候微信消息又来了，导师说："你看到上面的额度了吗？那就是你能用的钱，我还能帮你提高额度，不过没办法直接取现。"

陈筱静自己试了试，发现导师说得没错，不能提现，他又接着说："但我能帮你提现，手续费是 20%，我就收你 10%，你给我微信转过来就行。等明天我再帮你提额。"

陈筱静没明白到底是什么意思，刚想去搜，对面直接打来了微信电话，他的声音听起来很和善，说："你不用担心，你不是通过视频加的我吗？视频里我都直接露脸了，如果我骗你，你可以直接来找我。我也是听到你的情况，知道你着急，才想到这个办法的，这样，后面的几堂课我给你免费。某呗还款期很长，你可以慢慢还，先解决眼前的事再说。"

陈筱静将信将疑，对方又开口了，说："小姑娘，现在马上晚上十二点了，按道理我也该睡觉了，是听了你的情况才陪着你熬的。我跟你透个底，过了晚上十二点，就算是我，也得交 15% 的手续费了。你好好想想。"

他说："而且你看视频里有那么多跟着我赚钱的人，那么多人我还能造假吗？"

他说："你一个人在上海漂着不容易，先好好吃顿饭。"

这时候电话突然挂断，陈筱静还没反应过来怎么回事，对方发来了一条微信消息，说："不好意思，小陈，刚才助理给我来电话，说有另一个人也有类似的情况，我先去处理她的事，你的事情就之后再说吧。"

这时候陈筱静还在搜索引擎的一堆广告里分辨某呗的用法，一看这条消息顿时慌了，立马说："您看我现在转还来得及吗？"

对方沉默了一分钟，回了一条，说："那行吧，毕竟你先找的我，也着急，那你转给我吧。就是现在有点晚了，系统后台的人已经休息了，你放心，明天一早钱就能提出来了。如果提不出来，我到时候给你解决。"

陈筱静终于松了一口气，烧了壶热水，把白天拿的药吃下。又打开抽屉，记下这个月的收支，那台收音机静静地躺在抽屉的一角。她看了眼时间，刚过十二点，觉得还不能就这么躺下，于是站起身，缓了缓神，用冷水洗了把脸，尽力驱赶身体里的疲惫，又对着镜子摆了个笑脸。接着她走回客厅，走到沙发边，拿出吉他，开始直播。

这一晚她好像赶上了平台的流量扶持，直播间的人数突破了20。她再一次说出自己的开场白，轻声说："这一次，也从《逐日》这首歌开始，如果你觉得这首歌还不错……"

七

"后来你有见过她吗？"我问魏广。

魏广沉默地点了点头，我深吸一口气，不知道接下来的故事，会不会让人更难过。

我跟魏广是在《逐日》这首歌的评论区里认识的，听这首歌也纯属偶然，我是一个离不开音乐的人，有天在等公交车的时候，想着找首新歌，一眼就看到了歌名。我抱着好奇的心情点进去，这首歌的旋律确实好听，歌词也动人，只是整体节奏太舒缓太慢，副歌也没有抓耳的地方，放在如今的各大音乐软件里，也只能面对被埋没的命运。

魏广说他知道这首歌也是因为有一天看到了她的直播，从此以后只要有时间，她的每场直播他都看。再后来的一天夜里，魏广接到了陈筱静的电话，因为她已经接连好几天胃疼到无法入睡，实在是连去医院的力气都没有了。魏广把她带去医院，一查才知道胃出血，如果再拖晚一点，后果不堪设想。医生皱着眉说，一开始就该送过来，这些天她到底是怎么熬过来的。陈筱静没有回答，魏广这才知道，原来陈筱静的身体已经差到了这样的地步。可就在昨天夜里，她还开着直播，唱了一小时的歌。

"我劝不动她，"魏广说，"她在医院就住了两天，身体都没全好，就出院了。也是在这段时间，她问我，某呗到底是什么。"

我问："那个什么狗屁导师的事情，后来怎么样了？"

魏广惨淡地一笑，说："还能怎么样，那人就是个诈骗犯，用各种方法骗了很多钱。报警了，目前也没个后续，他注册的实名信息是别人的，线索到这里也就断了。网线一拔，没人找得到他，过段日子，再换个账号，他就又能回来。"

出院后没几天，陈筱静租的房子就到期了，一天她干完活，刚走到家门口，就看到行李被打包好放在了门外，门内已经住上了新的租户。她不知道自己能去哪里，还能做什么，只能在火车站门口坐了整晚，这是魏广第二次接到她的电话。魏广说："我这屋不大，你先住着，我去朋友家。"陈筱静说："不用不用，我就是想把一个东西放在你家，一台收音机。"魏广说："那你住哪儿？"陈筱静说："我自己总会有办法的。"那之后陈筱静开始送起快递，有时间就直播，她还是认真唱着每一首歌，可直播间的人数却一路下滑，到后来，只有两三个人还在看。再后来的一天，她回来拿收音机，两人面对面，可还是没说什么。

魏广说："我知道她是害怕拖累我，所以回来的那天没有第一时间告诉我，见到我的时候，也躲着我。"

我不知道该说什么，就问："这是你们最后一次见面吗？"

魏广摇摇头说："半年后我们还见了一次，是今年春天的事。"

即便生活变成了废墟，陈筱静也试着重建起自己的楼来，她的内心依然没有被彻底打垮。那半年，打工之余，她还是抱着吉他四处寻找可以表演的舞台，也还是会在每天晚上用最好的状态直播，无论人多人少，都笑着跟大家打招呼。那时候她直播间的人数也逐渐多了起来，终于稳定在了50人。不少人说，看到她直播就会觉得安心，只是没有什么人知道她背后的故事，因为陈筱静从未提起过。去年冬天，她胃病恶化，却拖着不肯去医院，哪怕是挂号费都让她心疼。魏广是在春暖花开的时节再次见到陈筱静的，是她打电话约的他，那天她看起来气色特别好，跟魏广说了很多她小时候的事。陈筱静说："其实我还是很幸运的，我走出了大山，我看到了不一样的世界。我爷爷对我很好，我老师对我很好，你也对我很好，我现在住的地方，有个奶奶也很好，有时候我们会一起喂流浪猫。"她还说小区里的流浪猫都认识她。

魏广说："你都自身难保了，还能顾着小区里的流浪猫。"

陈筱静说："看到它们就觉得心疼，觉得它们好像也很孤独。"

魏广不知道该接什么话，只是说："会好的，你看，会好起来的。"

陈筱静抬起头，说："当初你就这么跟我说过，我相信你。"

这时魏广看到陈筱静背后的吉他，问："直播的时候，你弹的就是它吧？"

陈筱静回头拿起吉他，说："我给你唱那首歌吧，虽然你听过很多遍了，但你还没在线下听过，对吧？"

魏广一愣，陈筱静笑了，说："我知道从一开始你就看我直播了，常见的用户里，一个是你，一个是宋老师。真好，你们都还记得我。"

陈筱静拿起吉他，放在腿上，弹起熟悉的前奏，唱起那首《逐日》，唱完又接着唱了好几首歌，最后再唱回《逐日》。陈筱静说："送你几首，都是我在这些日子刚写出来的，你是全世界第一个听到它们的人。"还没等魏广说话，陈筱静又说："我不知道自己有没有像歌里唱的一样，能找到答案。小时候我想去大山外面看看，可真到了外面，发现一切跟我想象的好像又不太一样。但出来看了这么一遭，我觉得也不亏，至少我看到了地平线上的朝阳和落日，它们不会被大山挡住，这里的白天，真的特别长。"

魏广看着陈筱静的半边脸被路灯照得昏黄，问："接下来准备怎么生活？"

陈筱静说："还没想好，想好了第一时间告诉你。"

魏广说："其实你可以……"

陈筱静打断魏广，说："我还有事没做完。"

魏广知道陈筱静的意思，没再说话。

陈筱静接着说："接下来我们应该又有很长一段时间不能见面了。"

魏广着急地问："为什么？接下来的生活你不是还没想好吗？"

陈筱静露出很浅的笑容，说："是没想好，不过就算同在上海，见一面也很难。"

魏广舔了舔嘴唇，认真说："想见的人总能见到的，打车，坐地铁，总能见，我一定能找到你。"

陈筱静突然说："不要忘了我。"

魏广一愣，说："永远不会忘。"

魏广说，直到今天，他依然记得告别时的场景，根本不用刻意去想，那画面就像是刻在了他的脑海里。那天他送她去公交站，陈筱静执意说要自己走走，魏广没再坚持。她转身前说了句"晚安"，说以后会一直唱歌，也会好好生活，让他别担心。昏黄的路灯只能照亮街道的一角，魏广看着陈筱静背着吉他的背影，看着她从一个光圈下跳到另一个光圈下，接着走到了路的尽头，灯光从她的头顶缓缓移到腰间，又移到脚底，这之后魏广就看不到她了。无边的夜色在前头静静地等着她，最终她被吞进夜色中，像是一滴水消失在了大海。

我问："那她还直播吗？"

魏广摇了摇头，说："从此以后我就没有了她的任何消息，电话打不通，微信也没回。她直播的账号也很久没更新了，除了我以外，那首歌下面也有零星的几条评论问她怎么消失了。不过没有人知道，我还没联系上宋老师。"

我直起身，看了眼窗外，人来人往，又回过头，说："会好的，她会活得很好的。"

魏广笑了笑，说："希望吧。我有时候觉得她是一棵参天大树，根扎得很深，任风吹雨打她都岿然不动，坚定地做着必须做的事；可有时候我又觉得她像一棵小草，风一来她就会被吹跑。

我真的希望，每个清晨，阳光都能坚定地照在她身上。"

　　我听完了所有的故事，跟魏广告别，沉默地走回家。

　　到家后我打开了音乐软件，在搜索栏的很下方找到那首歌，点开，边听旋律边翻评论。评论不算很多，没一会儿我就翻到了最底下。最早的一条评论是二〇一三年的，有人说："这首歌的旋律很好听，你一定会成为歌手的。"我看到这条评论的下方有来自作者的回复。

　　陈筱静说："谢谢你，我会努力的。"

　　我脑海里浮现出一个画面，那是一座很高的山，当地人叫它龙岭山。很多年前有一个小女孩背着包离开了这里，现在她背着吉他又回来了。她走到村口的那座小屋，走到那片菜地边，轻轻拍了拍土，坐了下来。不远处的山峰上被雪染白了一片，阳光却很好，天很高又很低，云静静地飘过，陈筱静缓缓地拿出吉他，哼唱起她最熟悉的那首歌。

　　画面里，太阳一直没落山。[1]

---

　　[1]　故事灵感来源于真实事件。

后记

一

如果你能读到这里，那说明这段旅程我们即将走到终点。

我个人的第一本书是在二〇一三年出版的，算到现在，刚好是第十年。

这十年的历程，在我看来恰好是一个抛物线的过程，我用力向上攀登，却又回归原点。

最开始，我坚信自己一定可以很快爬到山顶，然而越是往上走，就越是发现原来山峰竟然这么远。词不达意的时刻越来越多，有时候看着自己写下的文字，也会想，为什么写不成自己想要的样子呢？

这期间朋友也逐渐与我分道扬镳，以前想要抓住的友情，现在回头看看竟寥寥无几。热闹逐渐远去，孤独的时刻不可避免地多了起来，多到成了生活的主旋律。跟最好的朋友见面的次数，从一周一次，变成一年一次。分别的时候，我们都开始说明年见，却在心底都不确定，明年还能不能再见。

二〇二一年底，我收拾行李，跟一起来北京的伙伴告别，离开北京，来到苏州。

二〇二二年三月，失眠又一次找上我，我躺在沙发上，双目无神地看着天花板，等到窗帘透进光，等到窗外的天蒙蒙亮，我才能够稍稍感受到困意。

二〇二二年四月，我几乎一个字都写不下去，回首过去的这些年，发现握在自己手里的东西居然越来越少。最让我痛苦的是，面对时间的流逝，我似乎毫无办法，我是那么无力。

这一个月依然失眠，失眠的时候我在想，为什么会变成现在这样。

告别的人始终没重逢，想要的生活，曾以为触手可及，后来发现原来登山的路那么长。有些时候，误解总是轻易战胜理解，真诚总是被人踩在脚下，我们满怀期待地走在路上，却没有回响。转头一看镜子里的自己，连头发都在离自己远去，满脸都写着陌生。

二〇二二年五月，我又一次失眠到天亮，眼睛浮肿到几乎睁不开，一个哈欠接着一个哈欠。我知道自己该躺下了，可躺到床上依然睡不着。我感觉有某种宏大的无力感正在向我席卷而来，于是站起身给自己倒了杯水，从冰箱里拿出中药，很苦，直接把我苦精神了。在那个瞬间，我站在客厅中间，想着接下来的时间应该怎么过。我可以打开投影仪，也可以打开手机，短视频是不会重复的，如果打定主意要消磨时间，那时间总是能一点点流逝的。但我最终做了一个我如今认为最正确的选择，我走进了书房，坐到电脑前，打开写了一半的这本书的文档，全部删掉，从零开始写。

这世界常常让人生病，我们只能自己寻求解药。

我常觉得写作就是我的解药，尽管它不是特效药，需要一天天时间慢慢走才能发挥药效。

但它确实是我能抓住的绳索，是我在讨厌自己的时候，唯一能够让我继续燃起热情的事；是我在这个不确定的世界里，唯一可以确定的事。

我确定我可以在写作中重塑自己的想法，重建自己的道路。

二〇二二年六月，我重新找回了睡眠。

那时候我躺在床上，在睡着前想到了一段话，放在这里或许最合适。

我们的人生道路，是一条不断被摧毁，又不断重建的路。最开始我们踌躇满志，以为所有想获得的终有一天会握在手里，没想到走着走着，告别的比留下的多。那些我们最初相信的，比如真诚，比如坚持，都不会轻易地让我们有所回报。那条本清晰的道路，会越走越变得模糊不清。这时候我们内心难免都充满怀疑，于是纠结过，踌躇过，痛苦过，也痛哭过。孤独那么漫长，奋斗永无结果，最终的最终，我们还是舍不得丢掉一些东西。

这些怎么也舍不得丢掉的东西，就是我们最终能握住的东西。

那之后的人生路，就是从这些东西中延展出来的。

二

这本书严格意义上算是一本短篇小说集。

有几个故事写得很快，像是情节自动跳到我手里似的，有几个故事写了第一段，就怎么也没法写下去。发给编辑看的时候，他说，可能有一些故事离你之前的读者太远，加上你上一本长篇小说的转型也不算成功，要不要还是考虑写回之前的故事。老实说我不是没有纠结过，因为之前的故事写了很多年，写起来确实更得心应手些。可我还是决定继续按照自己的想法写下去，一方面是因为我相信写作者都有自己的写作生命，如果想要尽可能地延长写作生涯，势必得写不一样的东西，势必得向上攀登，如果总是在写类似的情感，不仅读者或许会觉得腻歪，对写作者本人来说，也是一样的。

另一方面是因为我所看到的世界，跟从前看到的世界，已经是不一样的了。

我猜读到这里的你，应该也会有类似的感受。

三十五岁的你跟二十五岁的你，二十八岁的你跟十八岁的你，所看到的世界，一定截然不同。

我们会看到，即便是最努力的人也没法得到回报；我们会看到，一个人所展现出来的状态并不一定就是他最真实的状态；我们会看到，我们中的很多人是没有退路的，不是说退回到原点就行了，而是必须走下去，哪怕注定会跌倒，会浑身伤，也只能走。

所以从某种意义上来说，我也只能写这样的故事。

《漫长的旅途》和《逐日》这两个故事，在写作过程中，我曾不止一次想改变主人公的结局，他们救赎了别人，却没能迎来自己想要的人生。可故事的情节还是只能按照最初的设想往后走，在写第一段的时候，我就知道他们会走向那样的结局，即便我是写作者，也对此无能为力。

我不知道读者朋友们看完这两个故事，会有什么样的感受。

我最初写完的时候很难过，可奇怪的是，我在重读一遍的时候，突然从故事里获得了某种力量。我突然意识到，不是只有走到人生顶点的人才值得被看见，那些竭尽全力，却倒在梦想之前的人，也值得有人鼓掌，他们的努力依然让人动容。

我们会动容，一定是因为，这就是这世上最本质的东西之一。

这本书里还有其他的几个故事，不知道你会最喜欢哪一个。

但倘若有那么一两个故事，甚至是一两个片段，能让你觉得有所感触，那么，那些文字就一定到了它们该去的地方。

重读完整本书的时候，我确实觉得，这就是我想写的作品，是如今的我应该写下的作品。

当然毕竟还是我写的，写下的文字不可能一下子脱胎换骨，或者有一个巨大的提升。

我只是觉得，自己踏踏实实地往想去的山顶前进了一步。

路依然很长很远，我的能力还不够，需要心怀敬畏继续攀登。

只是以前看到前路漫漫，会下意识打退堂鼓，或者假装洒脱，假装不在意来掩饰自己。

现在我发自内心地觉得，攀登的感觉，真的很不错。

三

写作的第十年，最后这一段是写给读者的。

这十年，我常常会在活动的时候收到读者的信，也会看到一些读者的留言，其中的绝大部分，还是从几年前，甚至是十年前就开始阅读我的作品的读者。有人会把一本书重复读上几遍，好几年了都一直把书带在身边；有人会把书推荐给身边的朋友，从此这本书里的文字，也成了友谊的一种见证；还有人会发很长的读后感给我，其中也有人说，有一些故事他觉得哪儿哪儿不够好，有些描述有点累赘，有一些情节可以更好，希望我以后继续加油，越来越好。每次看到这样的故事、这样的留言，我的内心总是充满感激，也觉得万分荣幸。尤其是在生活节奏越来越快的当下，你还愿意打开一本书，花上几个小时或者是几天，就坐在那儿，安安静静地沉浸在文字的世界中，不在意世界的运转，不在意是否会错过别的什么。我知道这很难得，一定是因为某种特别的缘分，我们才会相遇的。

所以我总是把读者当作亲近的朋友，虽然这么说好像有点奇怪，明明我们在生活里素不相识，或许从来就没有见过，也没有真的对彼此说过什么。

只是我想，一个人能把一本书读下去，一定是因为在书里发现了某种与自身相通的东西。

人与人的悲欢在大多数情况下确实难以共通，误解总比理解多。

但在书里，我们一定能够找到片刻的共鸣。在这个瞬间，我们一定会觉得，至少我们并不是那么孤独。即便是在最深的海底，我们也能看到彼此。

对新朋友，我衷心地说一句欢迎，希望你能喜欢这本书，也感谢你阅读这本书，有一天，我们一定也会变成老朋友。

对老朋友，我想发自内心地对你说一句感谢，感谢在这个匆匆忙忙的世界里，你一直都把一部分的耐心留给文字。我想，老朋友就是，虽然日常的生活很忙碌，但在重要的时刻，总是愿意把时间分给彼此的人。谢谢你这一次没有缺席，能让我们通过文字，又隔空握一次手。

能够一路同行很久，能够在某个路口重逢，在我看来，是近乎奇迹的事，因为珍贵，所以那么美好。

这本书到这里告一段落。

后记也该结束了。

我确实渺小，在很多时候都觉得无力，但写作拯救了我，它让我感受到最小单位的自由，让我能够坦然地接受时间的流逝，也让我重新找回了某种信念。倘若我能把这样的感受传达给每一个读到这里的你，那我孤身一人坐在电脑前日复一日地阅读和写作，就一定是有意义的。

我会继续写下去，写到某天写不动为止。

如果我们恰好能在文字里相遇，我想对你说的，除了那些故事本身，还有这么一句：

大胆走你的路，去你的那座山，去你想去的山顶。

我就在你旁边的山上，一同攀登。

不用特意说什么，我们都能看到彼此。

那么，我们终究会在这旅途中，收获某一片值得纪念的风景。

哪怕这片风景的意义，只有自己知道。

最后，谢谢你选择阅读这本书。

这段旅程结束了，我们下段旅程再见，那时的我们一定会变得更从容。

祝我们都能在各自选择的道路中渐入佳境。

祝你早安午安晚安。

2023 年 5 月 11 日星期四

于苏州

图书在版编目（CIP）数据

漫长的旅途 / 卢思浩著 . -- 长沙：湖南文艺出版社，2023.8
ISBN 978-7-5726-1304-3

Ⅰ. ①漫⋯ Ⅱ. ①卢⋯ Ⅲ. ①短篇小说—小说集—中国—当代 Ⅳ. ① I247.7

中国国家版本馆 CIP 数据核字（2023）第 127379 号

上架建议：畅销·短篇小说集

MANCHANG DE LÜTU
漫长的旅途

著　　者：卢思浩
出 版 人：陈新文
责任编辑：张子霏
监　　制：毛闽峰
策划编辑：陈　鹏
特约编辑：赵志华
营销编辑：宋静雯　刘　珣　焦亚楠
装帧设计：梁秋晨
书籍插图：Fangpeii
出　　版：湖南文艺出版社
　　　　　（长沙市雨花区东二环一段 508 号　邮编：410014）
网　　址：www.hnwy.net
印　　刷：三河市中晟雅豪印务有限公司
经　　销：新华书店
开　　本：875mm×1230mm　1/32
字　　数：177 千字
印　　张：9
版　　次：2023 年 8 月第 1 版
印　　次：2023 年 8 月第 1 次印刷
书　　号：ISBN 978-7-5726-1304-3
定　　价：49.80 元

若有质量问题，请致电质量监督电话：010-59096394
团购电话：010-59320018